Ancrées dans le Nouvel-Ontario, les Éditions Prise de parole appuient les auteurs et les créateurs d'expression et de culture françaises au Canada, en privilégiant des œuvres de facture contemporaine.

La Bibliothèque canadienne-française a pour objectif de rendre disponibles des œuvres importantes de la littérature canadienne-française à un coût modique.

Prise
deparole

Éditions Prise de parole
C.P. 550, Sudbury (Ontario)
Canada P3E 4R2
www.prisedeparole.ca

La maison d'édition remercie le Conseil des Arts de l'Ontario, le Conseil des Arts du Canada, le Patrimoine canadien (programmes Développement des communautés de langue officielle et Fonds du livre du Canada) et la Ville du Grand Sudbury de leur appui financier.

ONTARIO ARTS COUNCIL
CONSEIL DES ARTS DE L'ONTARIO

Conseil des Arts   Canada Council
du Canada   for the Arts

Patrimoine   Canadian
canadien   Heritage

Sudbury
Greater|Grand

DÉFENSES LÉGITIMES

Du même auteur

Poison, Sudbury, Éditions Prise de parole, 2001 [1985].
Le soleil se lève au Nord, Sudbury, Éditions Prise de parole, 1997 [1991].
La vengeance de l'orignal, Sudbury, Éditions Prise de parole, 1995 [1980].
Le trappeur du Kabi, Sudbury, Éditions Prise de parole, 1993 [1981].

Doric Germain

Défenses légitimes

Roman

Collection « Bibliothèque canadienne-française »
Éditions Prise de parole
Sudbury 2013

Œuvre en première de couverture et conception de la couverture :
Olivier Lasser

Diffusion au Canada : Dimédia

Catalogage avant publication de Bibliothèque et Archives Canada
Germain, Doric, 1946-, auteur
Défenses légitimes / Doric Germain. – 2ᵉ édition.
(Bibliothèque canadienne-française)
Publié en formats imprimé(s) et électronique(s).
    ISBN 978-2-89423-908-7.– ISBN 978-2-89423-358-0 (pdf).–
    ISBN 978-2-89423-813-4 (epub)
I. Titre. II. Collection : Bibliothèque canadienne-française (Sudbury,
Ont.)
    PS8563.E675D43   2013   C843'.54   C2013-905070-1
                                       C2013-905071-X

ISBN 978-2-89423-908-7 (Papier)
ISBN 978-2-89423-358-0 (PDF)
ISBN 978-2-89423-813-4 (ePub)

Préface à la deuxième édition[1]

Quand, en 1963, Fernand Drouin et les frères Joseph et Irénée Fortier meurent sous les balles lors d'un affrontement sanglant à Reesor Siding, petit embranchement du chemin de fer à peine visible à partir de la route Transcanadienne, entre Kapuskasing et Hearst, le pays entier est pris par surprise. Les journaux d'ici et d'ailleurs en font état à la une, la CBC et *Maclean's* envoient des journalistes pour y faire des reportages de fond, le *Globe and Mail*, et d'autres, y consacrent des éditoriaux.

Depuis, on en a peu parlé. Publiquement, du moins. Après, comme avant, la situation polarise, paralyse, la communauté. Elle déchire des familles, elle peine à se cicatriser. Le consensus, silencieux, est de confier au temps la lourde tâche d'atténuer, d'effacer le souvenir. Il n'y aura pas de commission de vérité et réconciliation,

---

[1] Ce texte est partiellement repris d'un chapitre publié en 2009 par la Société historique du Nouvel-Ontario. Guy Gaudreau (dir.), *Les activités forestières dans le Nouvel-Ontario au XXᵉ siècle*, Sudbury, Société historique du Nouvel-Ontario, Document historique n° 100, 2009.

pas d'enquête publique, pas de soutiens psychologiques, comme nous le verrions vraisemblablement aujourd'hui.

On marquait en 2013 le cinquantième anniversaire des « événements de Reesor Siding », comme il semble maintenant convenu de nommer la tragédie. La publication de *Défenses légitimes,* en 2003, avait déjà rendu légitime la discussion publique entourant ces événements. J'avais participé alors, avec Doric Germain, Stéphane Laberge et Marco Dubé, à quelques rencontres publiques pour lancer le livre et parler de l'histoire de Reesor Siding. Ma présence était justifiée par une recherche que j'avais effectuée une dizaine d'années plus tôt, au cours de laquelle j'avais procédé à une reconstitution des faits qui ont mené à la fusillade. La même année (2003), Stéphane Laberge et Marco Dubé diffusaient à la télévision et à la radio de Radio-Canada des documentaires auxquels j'avais participé sur le même sujet.

Je me souviens de la pression que j'ai ressentie au moment de parler publiquement de Reesor Siding, comme si je m'affublais soudainement d'une partie du fardeau mental porté dans toute la région et lié à un problème refoulé depuis 40 ans. Ce poids était sans doute exacerbé par mon propre lien personnel avec les événements : mon grand-père maternel était du côté des fermiers dans cet affrontement contre les travailleurs syndiqués. Les gens se sont montrés curieux, mais peu loquaces, probablement comme lors d'une première visite en thérapie. Et c'est justement l'effet qu'a eue et que continue d'avoir la publication de *Défenses légitimes* : le roman a permis aux individus de commencer à en parler sans se cacher, timidement, certes, mais quand même. Plus d'une génération après le triste conflit, il était temps de briser la glace.

Je fais cette affirmation en reconnaissant d'emblée qu'on ne peut rien enlever aux nombreuses questions, à la douleur, aux doutes, à la colère qui persistent. Certaines des personnes qui étaient aux premières loges dans la nuit du 10 au 11 février 1963 en gardent encore des cicatrices ; ce sera peut-être le cas toute leur vie durant. Reconnaissons toutefois que les discussions publiques des dix dernières années ont permis de prendre un peu de recul, de réfléchir davantage aux événements plutôt qu'à l'événement, sur les circonstances, sur le contexte, sur la période.

L'historien utilise souvent ces moments saillants – une révolution, un attentat, une guerre – comme marqueur, entre un « avant » et un « après ». Il travaille ensuite en cercles concentriques spatiotemporels, élargissant progressivement sa focale pour prendre une distance par rapport à l'épicentre. Pour bien comprendre les événements de Reesor Siding, il faut commencer par une reconstitution des faits pertinents, de ce qui s'est passé dans la minute, dans l'heure, dans la journée avant les fatidiques coups de feu. Puis, en reculant encore un peu, on considère les autres forces en présence, en particulier la compagnie, l'Église catholique et le gouvernement provincial. Outre leur tragique dénouement, que faut-il retenir de ces incidents ? L'événement a-t-il entraîné des conséquences à long terme ? Que signifie-t-il pour l'histoire du nord de l'Ontario ?

Le conflit, le contexte

À partir du début des années 1930 et pendant environ 20 ans, le travail en forêt dans les chantiers de la Spruce Falls a connu une mécanisation rapide. Ces changements avaient bouleversé radicalement le secteur du transport d'abord, puis de l'abattage à partir de 1950. Pour les trois parties impliquées dans le conflit de Reesor Siding – les agriculteurs colons, les bûcherons syndiqués et l'entreprise Spruce Falls –, les conséquences de cette transformation étaient inégales.

Pour les agriculteurs colons, l'adoption de nouveaux moyens techniques passait par l'achat d'outils généralement coûteux ; à elle seule, la scie à chaîne coûte en 1950 de 200 $ à 400 $, soit l'équivalent de 2 000 $ à 4 000 $ en 2013 ! Ils seront peu d'agriculteurs à se joindre à la vague de mécanisation du travail en forêt, optant plutôt pour le maintien de méthodes traditionnelles. Pendant plusieurs décennies, ils en ressentiront peu les conséquences ; la plupart des fermiers avaient accès à des parterres de coupe rapprochés des usines, ce qui atténuait partiellement les effets de la mécanisation, du moins jusqu'à l'arrivée des débusqueuses au début des années 1960.

À partir de ce moment, le fossé se creuse entre les syndiqués et les colons. La débusqueuse, beaucoup plus coûteuse et donc inaccessible, faisait perdre aux agriculteurs des revenus associés au transport du bois. Cette innovation marquait également la fin de l'ère du cheval dans les camps de bûcherons et dans l'exploitation forestière un peu partout au pays. Alors qu'on en comptait des centaines dix ans plus tôt, les chevaux ont disparu définitivement des camps de la Spruce Falls en 1966. Foin et avoine, location de chevaux, autant de revenus perdus pour les agriculteurs, qui vont abandonner en grand nombre leurs terres au cours des années 1950 et 1960. Pour chaque dix exploitations agricoles en activité dans la région en 1951, il n'en restera qu'une seule vingt ans plus tard.

Pour les travailleurs syndiqués, les effets de la mécanisation sont beaucoup moins néfastes : travail moins contra-
rié par les changements de saison, meilleures conditions
et salaires plus élevés. Certes, le changement les contraint
à adopter le rythme de travail que l'on retrouvait souvent
à l'usine, mais, alors que toute la société nord-américaine
est en quête de modernité en ce milieu du XXᵉ siècle,
on trouvera peu à redire sur ces nouvelles conditions de
travail. Quant à elle, l'entreprise exerçait un plus grand
contrôle sur sa main-d'œuvre. La nouvelle machinerie
garantissait des approvisionnements plus réguliers, et la
compagnie pouvait fonctionner lors de tempêtes, et même
plus tôt à l'automne et plus tard au printemps.

La tragédie de Reesor Siding éclaire les rapports entre
les fermiers, les travailleurs syndiqués et la Spruce Falls.
Les colons, souvent farouchement opposés aux syndicats, se trouvaient à la merci de la Spruce Falls. Bien sûr,
l'entreprise achetait leur bois, mais à des prix inférieurs à
ceux engagés pour le bois des syndiqués. Ces agriculteurs
gagnaient beaucoup moins d'argent – parfois jusqu'à
40 pour cent de moins – que le travailleur moyen dans le
district de Cochrane.

Les bûcherons syndiqués n'avaient guère de sympathie pour les fermiers, surtout parce qu'ils estimaient
que la présence de ces bûcherons « artisanaux » retardait
la montée de leurs propres salaires. Lorsque les représentants syndicaux plaidaient leur cause auprès de l'entreprise, celle-ci s'empressait sûrement de comparer leurs
revenus à ceux des agriculteurs. En ce sens, l'agriculteur
nuisait aux efforts du syndicat d'améliorer le niveau de
vie de ses membres. Cette compétition entre les deux
groupes s'avérait très profitable pour la Spruce Falls, qui

se servait des uns pour tempérer les demandes syndicales des autres. En garantissant une part du revenu annuel de plusieurs familles d'agriculteurs colons, l'entreprise s'approvisionnait en bois à bon marché. Des 400 000 cordes de bois que la Spruce Falls utilisait grosso modo par année, elle leur en achetait entre 15 et 20 pourcent. À partir des années 1940, il est très avantageux pour la Spruce Falls de s'approvisionner chez les fermiers. Malgré le progrès des méthodes d'exploitation et l'amélioration des rendements qui en découlent, la compagnie y gagnait à continuer d'acheter le bois des colons plutôt que de s'approvisionner uniquement sur ses concessions.

Il en allait de même pour plusieurs papetières canadiennes. En 1958, le ministère canadien de la Justice rendait public un rapport de la Commission sur les pratiques restrictives du commerce portant sur les achats de bois à pulpe par certaines papetières de l'Est du pays. D'avril 1947 à janvier 1955, ces papetières avaient travaillé de concert en vue de contrôler le prix payé pour le bois à pulpe aux agriculteurs. Les papetières étaient peu nombreuses et bien informées quant aux conditions des marchés; les colons, dispersés sur un vaste territoire, faisaient rarement front commun dans leurs négociations avec les grandes entreprises. Ils étaient donc des proies faciles. Dans le nord-est de l'Ontario, la Spruce Falls avait été partie prenante du complot, tout comme les usines de l'Abitibi Power and Paper Company à Smooth Rock Falls et à Iroquois Falls. Dans la conclusion du rapport, les commissaires confirment que les dirigeants des grandes papetières avaient réussi à exercer une pression à la baisse sur les prix payés pour le bois des fermiers, récolté en vertu de ce qu'on appelle les permis de colon.

Dans la région de Kapuskasing, la pratique du permis de colon avait été instituée au début des années 1940, et ce, malgré les constats d'échec répétés de l'agriculture dans la région. Au tout début du XXᵉ siècle, la province avait prédit un avenir prometteur aux agriculteurs de cette région baptisée la Grande Zone argileuse. Il avait fallu peu de temps pour comprendre que le climat et la terre n'étaient pas aussi propices aux grandes cultures que les estimations initiales l'avaient laissé entendre. En dépit de ce constat, bien évident pour plusieurs observateurs dans le nord-est de l'Ontario au milieu du siècle dernier, les gouvernements provinciaux ont perpétué le système des permis de colons, jouant ainsi le jeu des grandes entreprises forestières. Peu s'en faut pour voir un lien entre la mort de trois hommes à Reesor Siding en février 1963 et la survie de ce système de permis.

Si le ministère des Terres et des Forêts maintient ce système caduc, c'est en partie parce qu'une nouvelle vague de colons était venue s'installer dans la région à compter du début des années 1950. Fortement encouragées par des représentants de l'Église catholique, plus de 50 familles quitteront leurs terres au Lac-Saint-Jean pour venir prendre racine dans la région de Kapuskasing. Moonbeam, Hallébourg, Harty, Val Rita et d'autres villages accueilleront ainsi ces nouvelles familles, venues pour « faire de la terre » et développer des fermes. Malgré leur conviction et des efforts soutenus, la plupart ont vite compris, comme plusieurs générations de colons avant eux, qu'il y avait trop d'obstacles au développement d'activités agricoles dans la Grande Zone argileuse.

Ces colons se sont alors tournés vers la forêt pour toucher un revenu d'appoint essentiel à leur survie. La coopérative forestière dont parle Doric Germain dans *Défenses légitimes* était en grande partie composée de ces hommes arrivés depuis une dizaine d'années dans la région. Ayant chacun obtenu un permis de colon – même s'il est peu probable qu'ils pratiquaient une agriculture digne du nom –, ils ont bientôt commencé à s'associer afin de partager les coûts fixes qu'entraînaient les activités d'abattage et de transport du bois, dans le contexte d'une mécanisation de plus en plus rapide et coûteuse.

Ainsi se cultivait un indéniable esprit de compétition entre les colons et les travailleurs de la Spruce Falls. Avec la syndicalisation accrue des travailleurs forestiers, qui s'intensifie dans le nord-est de l'Ontario après 1946, on imagine les relations tendues entre les deux groupes, une pression exacerbée par un incontournable jeu de négociation à trois. Les agriculteurs, en raison des volumes considérables de bois qu'ils fournissaient à la Spruce Falls, vont servir à tempérer les demandes des représentants syndicaux.

Une région en transformation

À Reesor Siding en 1963, deux groupes s'affrontent. D'un côté, les grévistes, syndiqués, devenus, depuis une quinzaine d'années, des professionnels de la forêt. Leurs salaires ont beaucoup progressé, la vie dans les camps est devenue plus confortable et le travail, moins saisonnier. La possibilité de faire la navette entre la maison et le chantier leur permet de jouer un rôle plus actif dans la vie familiale. Comme bien des travailleurs nord-américains de l'époque, les syndiqués œuvrant dans les forêts de la région de Kapuskasing aspirent à la modernité.

Devant eux, les fermiers bûcherons défendent des

idéaux dont les grévistes sont en voie de s'affranchir. Souvent plus rattachés au conservatisme antisyndical prôné par l'Église catholique, travaillant dans des conditions matérielles qui s'apparentent à celles de la période précédant la mécanisation, les colons, tenants de la tradition, sont une épine au pied pour les travailleurs syndiqués cherchant le progrès.

Dans ce contexte, la fusillade à Reesor Siding, souvent oubliée malgré son importance dans l'histoire sociale franco-ontarienne, est un incident isolé. Les événements tragiques survenus dans la nuit du 10 au 11 février 1963 crevaient un abcès, celui des relations envenimées entre les agriculteurs colons, les grévistes et la Spruce Falls, relations rendues davantage tendues tantôt par les actions, tantôt par l'inaction de gouvernements provinciaux successifs.

D'autres facteurs – pensons notamment aux affrontements entre les mouvements de syndicalisation et le conservatisme religieux qui s'y opposait ; à l'opposition entre urbanisation et maintien de la production agricole ; aux efforts de collusion et à l'exploitation des travailleurs par les grandes papetières ; au rôle de l'État encore une fois au service du capital – ont contribué à élargir le fossé entre ces trois groupes d'acteurs. Il faut se souvenir qu'on est en pleine guerre froide, quelques mois à peine après la crise des missiles de Cuba et que le syndicalisme – qu'on associe souvent au communisme, qui a très mauvaise presse depuis une décennie au moins – fait des progrès au pays, sans pour autant faire l'unanimité.

La Spruce Falls, comme d'autres papetières sans doute, aura encouragé délibérément une forme artisanale de production dans le secteur de l'abattage, secteur longtemps difficile à mécaniser, comptant ainsi sur les agriculteurs pour diversifier ses sources d'approvisionnement. Ses investissements dans les moyens de production pour ses propres camps ont non seulement entraîné une transformation des rapports avec ses travailleurs, mais ont fini par entrer en contradiction avec un monde rural incapable de se moderniser. Cette contradiction sera révélée, mais aussi en partie résolue, par le drame de Reesor Siding.

L'événement et les temporalités

Défenses légitimes, c'est une adroite démonstration de la filiation entre la littérature et l'histoire, deux disciplines sœurs issues des humanités. Le roman de fiction et le récit historique sont le résultat du même processus, celui que le philosophe Paul Ricœur appelle la mise en intrigue, genre d'organisation – ou plutôt de réorganisation – intelligible de faits, ceux de l'historien se démarquant des autres par leur véracité vérifiée. Du moins, c'est ce à quoi il aspire.

Cette histoire, tragique, Doric Germain l'a habilement fait revivre en donnant la parole à Pierre Ménard et à Madeleine Latulipe et en opposant leurs familles, celle des agriculteurs aux travailleurs syndiqués, comme on en trouvait entre Hearst et Cochrane au début des années 1960. Germain noue ces destins, les tisse à même la trame sociale d'une région en profonde transformation, il les télescope, en faisant jouer ses personnages sur des registres de temporalité différents, tendus entre la tradition et le progrès. Cette tension – entre passé et avenir, entre la somme du vécu et du culturel et les projections de ce qui est à venir – conditionne l'action des humains. Cette tension, entre Pierre et Madeleine et l'avenir qu'ils entrevoyaient pour chacun et ensemble, entre les Ménard et les Latulipe et leur condition respective de ruraux et d'urbains, entre agriculteurs tenants de la tradition et syndiqués aspirant à la modernité, cette tension incline chacun de ces personnages et chacun de ces groupes à poser des gestes et à agir dans un cadre imposé, structuré et structurant.

Le Pierre Ménard de Doric Germain est nuancé, émotif, intelligent. L'auteur refuse que son personnage principal n'agisse qu'en réaction à son environnement et aux contraintes qu'il lui impose. La vie ne saurait être aussi fataliste et Doric Germain le rend bien, créant une intrigue qui tient compte autant de la volonté et de l'intention de ses personnages que du cadre social qui moule leurs actions. *Défenses légitimes* témoigne de l'importance de l'événement, capable de transformer la société, soit en l'impactant directement, soit par cumul de subreptices mutations. Et le roman complète le lien binaire, reconnaissant le rôle des transformations sociales sur les actions humaines. Dans certaines circonstances, à certains moments, ces pressions sont fortes et Doric Germain en a tenu compte.

Les événements de Reesor Siding se répercutent sur la société nord-ontarienne depuis plus de 50 ans. Simplement en abordant la question, historiens, romanciers et chroniqueurs ont entamé une discussion publique, initiée en bonne partie il y a dix ans par la publication de *Défenses légitimes*. La parution de cet ouvrage, nous le croyons, a marqué le début d'un long processus de réconciliation, de cicatrisation, peut-être même de guérison. Ce cheminement a permis de relativiser la place de l'événement au sein des événements, de replacer la fusillade

15

dans son contexte, de bien identifier chacun des groupes qui prenaient part au conflit, d'analyser leurs objectifs, mais aussi leurs contraintes. À recadrer ainsi la fusillade de Reesor Siding, on comprend qu'elle fut l'épicentre de transformations sociales et économiques profondes qui s'entrechoquaient et qui ont conditionné en bonne partie l'escalade de la violence. Cette transformation de la société nord-ontarienne a fait trois morts, dans une clairière entre Kapuskasing et Hearst, dans la nuit du 10 au 11 février 1963.

PIERRE OUELLETTE
KAPUSKASING, LE 3 SEPTEMBRE 2013

AVANT-PROPOS

Le voyageur étranger qui parcourt le tronçon de la route transcanadienne entre Kapuskasing et Hearst ne peut manquer d'être intrigué par un monument à l'allure imposante situé presque à mi-chemin entre les deux localités. Sur un socle de béton de sept mètres de hauteur, des personnages sculptés dans le bois, plus grands que nature, se dressent : un homme, hache en main, avec à sa droite une femme portant un bébé dans ses bras et à sa gauche un enfant.

Comme la stèle est située à l'orée du bois, seule et éloignée de toute habitation, dans un enclos bordé d'épinettes, notre voyageur croira sans doute à un hommage au travail en forêt et à la famille. Il n'aura pas entièrement tort. Mais s'il s'arrête pour la voir de plus près, il y découvrira une plaque commémorative qui lui apprendra que ce monument rappelle un événement bien précis : une fusillade meurtrière qui s'est produite dans la nuit du 10 au 11 février 1963 sur ces lieux mêmes, au cours d'une grève des travailleurs en forêt de la Spruce Falls Power and Paper Company.

Le voyageur n'y verra sans doute qu'un événement

déjà ancien de l'histoire locale. Mais pour les gens de la région, il s'agit d'un événement majeur, un point tournant qui marque la fin d'une époque, d'un mode de vie et le début d'une ère nouvelle; un événement qui a profondément divisé l'opinion publique et semé la consternation dans la population.

Pour ma part, je ne peux passer devant ce monument sans qu'un frisson me parcoure l'échine. Je me souviens trop bien qu'à la suite de cette histoire sanglante, mon père, un homme pourtant timide et pacifique, avait été accusé de meurtre et traduit en justice avec 19 compagnons de travail. Même acquitté, il ne s'en est jamais remis et a traîné cet opprobre comme un boulet le reste de ses jours.

On comprendra que cette tragédie – qu'il est aujourd'hui convenu d'appeler les événements de Reesor Siding – m'ait toujours fasciné et que j'aie songé à en faire un livre. Mais j'ai longtemps hésité. J'aurais voulu écrire la vraie histoire. J'ai relu les articles de journaux qui y faisaient allusion – que ma mère avait découpés et conservés dans une boîte à souliers – et je me suis documenté. Merci, incidemment, à Pierre Ouellette pour avoir mis le résultat de ses recherches à ma disposition, à Omer Cantin qui m'a ouvert ses archives, à mon frère Paul Germain et à Lauré Girard qui ont bien voulu partager leurs souvenirs de chantier, à Johanne Melançon et Nil Côté dont les conseils m'ont été précieux et à Guylaine Lacroix-Boisvert qui a mis en forme ce roman. J'ai aussi interrogé longuement des témoins oculaires et des acteurs du drame, tant du côté des grévistes que des cultivateurs. Comme certains m'ont demandé de ne pas mentionner leur nom, j'ai décidé de n'en nommer aucun. Mais je les prie d'accepter mes remerciements dans l'anonymat.

La vraie histoire, j'ai renoncé à l'écrire parce que je suis incapable de m'en détacher assez pour la raconter et parce que je n'ai pas un tempérament d'historien. Mais j'ai tiré de ces événements un roman qui est, à sa façon, tout aussi vrai, ne vous leurrez pas. Même si les personnages sont fictifs, d'autres, très réels, ont vécu le même drame, souffert les mêmes angoisses et en sont restés marqués à jamais. Le choix de la fiction plutôt que de l'histoire officielle me permettra de mettre en lumière la face cachée des événements de Reesor Siding. Si certains lecteurs s'y reconnaissent, je m'en excuse d'avance. Mon intention n'est pas de souligner leur rôle particulier ni de les en blâmer, mais bien plutôt de raconter avec toute la rigueur possible cet épisode sanglant de notre histoire pour tenter de le comprendre.

Bonne lecture.

DORIC GERMAIN

Chapitre I

Quelque chose n'allait pas. Pierre le sentit tout de suite sans pouvoir mettre exactement le doigt dessus ou lui attribuer une cause précise. Il avait l'impression qu'il n'était pas le bienvenu chez les Latulipe, que toute la famille le regardait en ennemi et le traitait avec froideur.

Ce n'était pourtant pas la première fois, il s'en fallait de beaucoup, qu'il arrivait sans avoir prévenu, le samedi soir, attiré par les beaux yeux de Madeleine, une grande brune de 18 ans aux manières douces. C'est qu'il savait cette attirance réciproque. Il était toujours bien accueilli par la principale intéressée d'abord, mais aussi par toute la famille qu'il avait appris à connaître et avec laquelle il se plaisait bien. D'un naturel enjoué, il taquinait les plus jeunes, se chamaillait un peu avec les plus vieux, Rosaire et Jean-Luc, discutait de tout et de rien avec le père, Hermas, et trouvait quelque compliment bien tourné pour la mère que, dans sa tête, il appelait déjà « la belle-mère ». On jouait parfois aux cartes, parfois on écoutait un match de hockey du Canadien à la radio. Au milieu de tout cela, il trouvait le moyen de faire sa cour à Madeleine, en public pour ainsi dire, par une œillade, un mot doux ou un rapprochement subtil. Comme on sortait rarement, surtout l'hiver, c'était la seule façon de faire dans les campagnes du Nord de l'Ontario en 1962 et Pierre s'en accommodait fort bien. Il aurait sans doute préféré être seul avec Madeleine, mais il ne le laissait surtout voir à personne. La tactique qui consistait à courtiser toute la famille pour faire la conquête de la fille aînée portait de toute évidence des fruits, puisqu'il avait été question que les jeunes gens se fiancent aux Fêtes – dans quelques semaines, en fait – pour se marier à l'été.

Mais en ce sombre samedi de décembre, Pierre avait l'impression que toute la famille Latulipe s'était refroidie à son égard depuis la semaine précédente.

«À croire que le frette les affecte. Y fait chaud pourtant, icitte d'dans!»

Madeleine avait mis plus de temps que d'habitude à lui ouvrir, elle qui guettait toujours son arrivée depuis au moins une heure, de sorte qu'il avait à peine le temps de frapper avant que la porte ne s'ouvre. Ce soir, son «Bonjour tout le monde» était tombé à plat. On ne lui avait répondu, lui semblait-il, que du bout des lèvres. Le père Hermas avait à peine levé les yeux de sa revue, *Le Bulletin des agriculteurs*, et bougonné une vague salutation. La «belle-mère», installée à un bout de la table de cuisine, faisait des pâtisseries et ne parut pas entendre le compliment implicite qu'il lui fit en disant:

«Ça sent bon en torrieu chez vous, Ma'me Latulipe!»

Sur la cuisinière électrique, une marmite d'huile bouillante attendait les beignes qu'on y plongerait bientôt. Pierre jeta à la cuisinière un regard envieux: chez lui, sa mère cuisinait encore sur le poêle à bois. Les jeunes faisaient studieusement leurs devoirs à l'autre bout de la table de cuisine – étrange pour un samedi soir! – et Madeleine elle-même avait l'air ennuyée de sa présence.

Il eut d'abord l'espérance que Madeleine le conduirait au salon, pièce qui ne servait qu'aux grandes occasions – par exemple, la visite du curé – et, très rarement, à recevoir un prétendant. C'est qu'on vivait dans la cuisine dans les vieilles maisons de ferme du Nord de l'Ontario, habitude qu'on avait importée du Québec. Les salons étaient donc toujours petits, meublés de trop beaux meubles qu'il fallait «économiser» en les recouvrant d'une housse par exemple, et souvent, trop loin du poêle, mal chauffés. Autrefois, ils étaient mal éclairés aussi, mais depuis quelques années, l'électricité avait remédié à cette carence. La cuisine par contre était vaste, bien équipée d'une fournaise à bois qu'on ne ménageait pas les soirs d'hiver et d'une grande table à bancs latéraux qui pouvait facilement accueillir sa douzaine de convives.

Mais Madeleine ne l'invita pas au salon où il aurait pu profiter d'une plus grande intimité – intimité toute relative puisque de la cuisine on pouvait voir tout ce qui se passait au salon. Elle lui offrit plutôt une chaise dans un coin et le laissa pour aller aider sa mère à faire ses pâtisseries des Fêtes. S'il avait été plus observateur, le jeune homme aurait remarqué que sa blonde avait les yeux rougis comme si elle venait de pleurer et, s'il avait été plus fin psychologue, il en aurait déduit qu'elle s'éloignait de lui justement pour qu'il ne le remarque pas. Mais il n'était qu'un cultivateur fruste et peu sentimental et ne s'aperçut de rien.

Pierre alluma une cigarette, risqua quelques phrases sur la pluie et le beau temps (en l'occurrence, la neige et le froid), puis mit la main sur une revue qu'il feuilleta distraitement. C'était *Le Bulletin des agriculteurs* que le père Latulipe venait de déposer. Pierre l'avait déjà lu puisqu'il avait le même chez lui et que ce numéro datait de cinq mois. De plus, il n'avait pas la tête ce soir aux aventures loufoques d'Onésime et de Zénoïde, encore moins aux articles sérieux de l'abbé Alary sur le mode de vie sain (et saint) du cultivateur.

Il était là depuis trois quarts d'heure à s'ennuyer et commençait à se demander comment il pourrait s'esquiver sans passer pour un sauvage, quand il eut soudain une idée brillante. Il n'y avait qu'à lancer la conversation sur un sujet susceptible d'intéresser tout le monde. Facile. Il lança:

« Paraît qu'il est question de grève à la Spruce Falls. »

Toutes les têtes se tournèrent vers lui. Madeleine, la bouche ouverte et le rouleau à pâte en suspens, avait l'air consternée. Sa mère, à demi penchée sur le fourneau ouvert, s'était immobilisée. Le père Hermas oubliait de tirer sur sa pipe et les jeunes, le crayon en l'air, semblaient attendre la suite. C'était comme si cette petite phrase, que son auteur avait jugée banale et innocente, avait eu pour effet de figer la maisonnée entière. Il eut l'impression d'avoir dit une énormité, impression qui se confirma quand le père ouvrit la bouche pour grommeler:

« C'est à peu près certain qu'on va aller en grève en janvier. Mais ce que ça va donner, ça c'est une autre paire de manches. Avec tout' les indépendants qui vont continuer à bûcher… »

La lumière se fit soudainement dans l'esprit du jeune homme.

« C'est pour ça qu'y me font toutes la baboune! »

C'était devenu clair maintenant.

Les Latulipe demeuraient toujours sur la terre mais ne cultivaient plus, comme bien d'autres d'ailleurs. Le père et son plus vieux, Rosaire, à 17 ans le seul en âge de travailler, avaient préféré vendre les animaux et travailler à salaire pour la papetière locale, la Spruce Falls Power and Paper Co. de Kapuskasing, qui avait des opérations forestières un peu partout dans la région de Smooth Rock Falls à Hearst. Ce changement d'orientation n'avait rien d'anormal : le climat était rude dans le Nord, les marchés étaient éloignés et les normes gouvernementales pour les produits de la ferme devenaient de plus en plus exigeantes. Il fallait augmenter la production, se moderniser, donc investir ou abandonner. L'agriculture avait offert un moyen de subsistance pendant la crise et une protection contre la conscription pendant la guerre, mais elle périclitait depuis que la prospérité était revenue. Le développement des moyens de transport, des routes et du chemin de fer, plutôt que de permettre aux produits du Nord de conquérir les vastes marchés du Sud, avait plutôt permis aux denrées du Sud, produites à des coûts moins élevés dans un climat plus doux, d'inonder le Nord. L'agriculture stagnait. On désertait les terres, partout à Moonbeam, Val Rita, Opasatika, Mattice, Ryland, Coppell ou au lac Sainte-Thérèse. Les cultivateurs partaient pour le Sud ou se recyclaient comme les Latulipe dans l'industrie forestière en pleine expansion.

Ils n'abandonnaient pas tous cependant. La famille de Pierre, les Ménard, dont la ferme se trouvait à un kilomètre de celle des Latulipe entre Harty et Val Rita, continuait de cultiver. Ce qui lui permettait de le faire, c'est une mesure gouvernementale, datant de 1940, destinée à encourager le défrichement et l'agriculture. Cet amendement au Crown Timber Act permettait à chaque cultivateur marié de couper 75 cordes de bois par année sur les terres publiques – 35 cordes pour les célibataires – moyennant une redevance minime de 3,40 $ la corde, et de les revendre à son profit. Les quantités avaient été révisées à la hausse en 1954 pour atteindre 100 cordes pour les hommes mariés et 50 pour les célibataires. Dans son allocation des territoires de coupe, le ministère des Terres et Forêts avait réservé aux colons une bande de forêt le long de la route 11, à proximité des terres cultivées. Les chantiers de la compagnie elle-même étaient donc, au nord et au sud, plus éloignés de la transcanadienne que ceux des cultivateurs. On appelait encore «permis de colon» en 1963 ces allocations, d'après la terminologie anglaise «settlers» inscrite dans la loi, même si plusieurs des cultivateurs ainsi désignés considéraient ce terme comme anachronique et péjoratif. N'étaient-ils pas de vrais cultivateurs dont les terres étaient pour la plupart entièrement défrichées et mises en culture?

Le seul acheteur, à part quelques petites scieries, était la Spruce Falls Power and Paper Co. de Kapuskasing, une papetière établie dans la région depuis une quarantaine d'années. Ce revenu d'appoint pour un travail effectué pendant la saison creuse sur la ferme – on bûchait toujours l'hiver – était considéré comme essentiel par la majorité de ceux qui s'entêtaient à cultiver malgré la conjoncture défavorable. Au début, les cultivateurs bûchaient souvent leur quota isolément, à proximité de leur ferme où ils revenaient chaque soir afin de s'occuper de leur bétail en se servant de leurs propres chevaux nourris avec le foin qu'ils avaient eux-mêmes récolté. Mais à la longue, la forêt reculait et il fallait aller trop loin pour revenir chaque soir à la maison. De plus, le métier s'était beaucoup mécanisé : on avait graduellement délaissé les « bucksaws » pour la scie mécanique et les chevaux pour des tracteurs à chenilles. À la fin des années 50, les débusqueuses avaient fait leur apparition. Il n'était carrément plus possible de travailler à la coupe du bois individuellement, à partir de chez soi et de façon artisanale.

Au fil des ans, les cultivateurs s'étaient donc regroupés et avaient formé des coopératives pour exploiter en commun cette petite manne annuelle, pour construire les camps, faire des chemins et les entretenir, et acheter ou louer l'équipement lourd. Le regroupement permettait aussi la spécialisation du travail, certains préférant travailler à l'abattage, d'autres au charroyage ou à l'entretien des chemins et des camps, ou aux cuisines. En principe, ne pouvait travailler pour la coopérative que celui qui détenait le droit de coupe, c'est-à-dire un cultivateur, mais il arrivait que celui-ci ne puisse laisser sa ferme ou qu'il soit malade. On embauchait alors son délégué, son fils ou son beau-frère ou quelqu'un d'autre. Ce système avait été vertement critiqué par les syndicats, qui y voyaient une atteinte à l'esprit de la loi dont les seuls bénéficiaires étaient au bout du compte les papetières, qui obtenaient ainsi la matière première à meilleur prix et en profitaient pour lésiner sur les salaires de leurs employés syndiqués.

Comme les autres, les Ménard pouvaient couper leurs 100 cordes et même au-delà parce qu'ils possédaient plus d'une terre, qui étaient judicieusement enregistrées sous différents noms, ceux de la mère et des plus vieux des fils. Le père se jugeant trop âgé pour les chantiers, Pierre avait pris sa place. Il travaillait donc près de Lowther dans cette exploitation forestière qu'on appelait « le chantier coopératif», ce qui faisait de lui un travailleur indépendant, contrairement aux Latulipe, père et fils, travailleurs syndiqués à l'emploi de la Spruce Falls. La grève dont il était question, si elle avait lieu, n'affecterait donc pas Pierre, mais elle toucherait directement les Latulipe. D'ailleurs, Pierre ne comprenait pas la nécessité de cette grève. Les Latulipe travaillaient en forêt, tout comme lui, mais dans de meilleures conditions, de meilleurs camps, à salaire et sans risques. Ils lui semblaient prospères, plus que sa propre famille en tout cas. N'avaient-ils pas une voiture presque neuve, une belle Chevrolet Biscayne 62 bleue, alors que les Ménard n'avaient qu'une camionnette International 53? Dans la maison, ils avaient une cuisinière électrique et parlaient même d'acheter un téléviseur comme cadeau de Noël à toute la famille. Non, les bûcherons de la Spruce Falls ne devaient quand même pas être si mal payés. Alors pourquoi la grève? Et surtout, pourquoi lui tenir rigueur à lui de continuer à travailler?

Pourtant, il ne tenait surtout pas à se mettre la famille de Madeleine à dos. Aussi s'efforça-t-il d'être conciliant.

«Vous êtes pas encore rendus là, monsieur Latulipe. Ç'a encore le temps de s'arranger.»

La réaction lui sembla exagérée et le ton trop acerbe quand il s'entendit répondre:

«Ça s'arrangerait ben mieux, me semble, si tout le monde tirait du même bord.»

Chapitre II

Pierre ne veilla pas tard ce soir-là. L'atmosphère trop tendue lui pesait et il trouvait totalement injuste que les Latulipe lui imputent une partie de leurs problèmes – si toutefois ils avaient des problèmes, ce qui ne lui semblait pas évident.

En montant dans la vieille International pour rentrer chez lui, il se sentait de mauvaise humeur.

« Manquait pus rien que ça. Ma blonde me boude parce que j'travaille au chantier! Si y se chicanent avec la compagnie, c'est quand même pas de not' faute à nous autres! »

Comme pour lui rappeler qu'il était plus à plaindre que les Latulipe avec leur voiture neuve, la camionnette se fit prier pour démarrer.

« Vas-y! Décolle, sacrament! Y fait quand même pas 40 en bas de zéro. »

Après une minute, la camionnette consentit enfin à démarrer en toussotant.

Pierre aurait sans doute mieux compris la froideur de la réception des Latulipe s'il avait assisté à la scène qui s'était déroulée chez eux au souper ce soir-là.

Tout avait commencé quand Jean-Luc avait mentionné

que l'an prochain, quand il irait au collège, il comptait bien faire partie de l'équipe de hockey. Son père, au bout de la table, avait levé les yeux et sermonné :

« Fais pas trop de projets. De l'équipement de hockey, ça coûte cher ; la pension du collège aussi. Pis les noces pour l'été prochain en plus. Tout ça avec la grève qui nous pend au bout du nez… »

Jean-Luc s'était rembruni. Il avait hâte de quitter la petite école de Harty. Le collège à Hearst, l'équipe de hockey qui jouait dans une vraie ligue sur une patinoire intérieure, il croyait tout ça convenu, à portée de la main, et voilà que son rêve risquait de lui échapper.

Madeleine, elle, pensait à autre chose. Avec la désinvolture de la jeunesse, elle déclara :

« En tout cas, c'est pas la grève qui va nous empêcher de nous marier. »

Hermas Latulipe était de mauvais poil. Il explosa.

« Justement, parlons-en de ton chum. Nous autres, on essaie de négocier des salaires raisonnables, pis pendant ce temps-là les colons, eux autres, y vendent du bois à la compagnie pour presque rien. On comprend. Eux autres, c'est du bois donné. On a eu un meeting d'union hier. Les chefs disent que c'est justement à cause de ça qu'on a pas encore réglé. »

Madeleine crut devoir défendre son Pierre.

« C'est quand même pas la faute à Pierre ! »

Le bonhomme était têtu. De toute façon, il trouvait sa fille trop jeune pour se marier. De se voir contredire ne faisait que renforcer sa conviction.

« C'est jamais la faute de personne. Mais pendant ce temps-là, nous autres, on mange de la marde. Ça vous rit en pleine face pis faudrait leur donner nos filles en plus. »

Hermas Latulipe savait bien qu'il était injuste, que les indépendants n'avaient pas le bois tout à fait gratuitement, qu'ils étaient encore plus pauvres que lui et qu'ils travaillaient dans des conditions encore plus difficiles. C'était la peur qui le faisait gronder. Au fond, il aimait bien Pierre, autant qu'un autre en tout cas. Mais cette inquiétude qui s'était emparée de lui le rongeait. Il avait besoin de laisser sortir de la vapeur. Du temps qu'il cultivait, jamais il n'avait manqué de travail, bien au contraire. Jamais il n'avait été à la merci d'un groupe ou d'un employeur. Sa nature fière et indépendante se révoltait à la seule pensée qu'il ne contrôlait plus les événements. Il n'avait pas encore totalement accepté son nouveau statut d'employé et secrètement il enviait à Pierre et aux cultivateurs leur indépendance à l'égard de la toute-puissante Spruce Falls.

Cette altercation avait mis Madeleine tout à l'envers et elle était allée s'enfermer dans la salle de bain pour pleurer. Jean-Luc avait fait la même chose dans sa chambre. Le père n'avait plus desserré les dents. La mère, plutôt effacée, savait qu'il valait mieux filer doux quand son mari était de cette humeur-là. Et c'est sur ces entrefaites que Pierre avait frappé à la porte.

Cette scène, bien sûr, Pierre n'y avait pas assisté. Il n'était pas au courant non plus des réunions syndicales qui se tenaient de plus en plus régulièrement et au cours desquelles il était de plus en plus fréquemment question de la grève et des bûcherons indépendants. Les quelques phrases prononcées par le père Latulipe en sa présence expliquaient l'attitude de la famille à son égard jusqu'à un certain point, mais ne la justifiaient pas. Il serra les mains sur le volant.

« J'ai pas à m'excuser de gagner ma vie. J'ai rien à voir

dans leurs histoires. Si y veulent le voir autrement, des filles, y en existe d'autres. »

La déception le rendait amer. Il n'avait pas attendu beaucoup de cette soirée, mais tout de même mieux que ce blâme à peine voilé. Était-ce trop demander, après une semaine à bûcher d'une noirceur à l'autre, que quelques becs volés au salon pendant que personne ne fait attention, et un accueil chaleureux dû à quelqu'un qui va bientôt faire partie de la famille ?

Puis ses pensées prirent une autre tournure.

« Pourtant, Madeleine, c'est la mienne. »

Il s'était habitué à la voir comme cela depuis plus d'un an ; en fait, depuis qu'elle l'avait accompagné aux noces d'une cousine en août de l'année précédente. Il la revoyait telle qu'il l'avait vue ce jour-là, si belle dans sa robe de fille d'honneur. Aussi brune qu'il était roux, très grande au point qu'elle le dépassait même un peu avec ses talons hauts, Madeleine l'avait conquis dès ce soir-là par son air à la fois sérieux et enjoué, par son attitude empreinte de tendresse et de réserve. Il s'était tout de suite imaginé marié avec une fille comme celle-là, ou plus précisément avec celle-là même.

Pierre n'avait rien d'un romantique. De taille moyenne, costaud, il était déjà marqué à 21 ans par l'incessant labeur de la terre et du bois, marqué dans ses mains calleuses, ses bras musclés et son dos un peu voûté. Il ne voyait l'avenir avec Madeleine que comme le présent que vivaient ses parents : des enfants, quelques douceurs le dimanche et aux Fêtes, et surtout le travail, aux champs l'été, en forêt l'hiver. La prospérité ambiante permettait seulement d'espérer une vie un peu moins rude avec un peu plus de luxe. Mais il ne voyait pas d'autre vie que celle-là. C'était d'ailleurs la seule qu'il connaissait, la seule qu'il avait vécue depuis qu'il avait quitté l'école à 14 ans après sa huitième année. Pourquoi avait-il commencé à travailler si jeune? Parce qu'il était l'un des plus vieux d'une famille de neuf enfants et qu'il sentait que lui incombait la responsabilité d'aider ses parents à élever les plus jeunes. D'ailleurs il aurait difficilement pu poursuivre ses études. Il n'y avait pas d'école secondaire dans son village. Il aurait pu fréquenter le «High School» à Kapuskasing. C'était une école publique, donc gratuite, et les coûts du transport étaient défrayés. Mais c'était une école anglaise et laïque que le clergé réprouvait et qui aurait pu lui valoir l'excommunication. Pour ceux qui n'avaient aucun scrupule religieux ou linguistique, c'était la solution idéale. Pendant des années, Pierre avait vu tous les matins un taxi venir chercher à sa porte Laurent Lefebvre pour le conduire au «High School» et le ramener à la maison le soir aux frais des contribuables. Mais les Lefebvre étaient les seuls francophones de la paroisse à ainsi défier le pouvoir ecclésiastique, ce qui avait valu à leur fils ce traitement personnalisé. Les Ménard n'auraient jamais même pensé en faire autant. Il y avait aussi à Kapuskasing l'Académie d'Youville dirigée par des religieuses. C'était une école secondaire confessionnelle non subventionnée qui exigeait des frais de scolarité et n'accueillait pas de pensionnaires. Elle n'était donc fréquentée que par les mieux nantis de la ville et des environs immédiats. Pour les autres, les coûts combinés du transport et de la scolarité étaient prohibitifs. Même problème pour le Collège de Hearst tenu par des prêtres séculiers. Il prenait des pensionnaires, mais les parents de Pierre n'avaient tout simplement pas les moyens de lui payer à la fois la scolarité et la pension. Plus tard peut-être, quand la famille serait élevée, ils songeraient à faire instruire un ou deux des plus jeunes en payant le prix fort pour une éducation pourtant offerte gratuitement aux anglophones. Cette injustice flagrante ne sera jamais assez dénoncée.

Pierre avait donc fait comme tant d'autres Franco-Ontariens et s'en était allé travailler à 14 ans avec beaucoup de courage mais peu d'instruction. Il avait rejoint les rangs des «scieurs de bois et des porteurs d'eau» dont parlait Lord Durham un siècle plus tôt, et qui furent si nombreux en Ontario français dans cette génération née entre 1920 et 1950.

«Les Latulipe, c'est du monde pareil comme nous autres.»

Leur changement d'orientation professionnelle était trop récent pour que Pierre ait pu percevoir avant aujourd'hui un changement de mentalité correspondant. Pourtant, c'est sur quoi il venait de buter ce soir, et il tentait d'écarter de la main cet obstacle imprévu entre lui et Madeleine. Foncièrement optimiste, il n'était pas encore rendu chez lui que déjà le problème s'était estompé.

«Ça va s'arranger. La semaine prochaine, ils y penseront même pus.»

S'il avait pu savoir à quel point il se trompait!

Chapitre III

L e lundi matin suivant, Pierre sortit du camp bien avant l'aube pour se rendre au travail. Dans le ciel, les étoiles ne faisaient que commencer à pâlir. Le froid le saisit immédiatement. Il n'y fit pas attention ; il était habitué. Mais il pressa le pas instinctivement parce qu'il savait que seul un exercice vigoureux activerait suffisamment sa circulation pour le garantir du froid. Il était bien vêtu : sous-vêtements de laine, culottes d'étoffe, bottes de caoutchouc rembourrées de feutre par-dessus des bas de laine, chemise à carreaux, chandail, parka, épaisses mitaines de cuir par-dessus des mitaines de laine plus légères – la mitaine de la main droite avait un doigt séparé pour l'index afin d'actionner librement l'accélérateur de la scie mécanique – et un chapeau de fourrure bon marché avec des oreillettes qu'il remplacerait par un casque de métal léger avant de commencer à bûcher. C'était le premier hiver qu'il portait « le chapeau dur » qu'il n'aimait pas beaucoup, plus lourd et moins chaud que le chapeau de fourrure ou d'étoffe qu'il eût préféré garder. Plus tard, les bûcherons apprendraient à insérer sous le casque une mince tuque de laine mais, pour le moment, ils pestaient contre la réglementation du ministère du Travail qui devenait plus rigoureuse. On racontait même qu'un inspecteur – que peu d'entre les bûcherons avaient déjà vu – pouvait survenir à l'improviste et imposer des amendes à ceux qui ne se conformaient pas à la réglementation.

Le jeune homme avait un peu plus d'un mille à marcher avant d'arriver au travail sur un chemin solide, déblayé et aplani au tracteur. Trois autres chemins semblables partaient du camp comme des rayons de roue autour d'un moyeu. Cet hiver, on ne bûcherait qu'environ quatre milles carrés au nord-ouest du camp. On avait fait la section nord-est l'hiver précédent. Il restait ainsi encore du bois au sud pour deux autres hivers. Ce camp pourrait donc servir pendant quatre ans avant d'être déménagé et abriter les hommes pour la récolte de plus de 50 000 cordes de belles épinettes noires, l'essence la plus prisée pour le papier journal.

À mesure que Pierre avançait, précédé, suivi ou accompagné d'autres bûcherons, il commençait à distinguer de chaque côté du chemin principal qu'il suivait les « strips » ou lisières de bois que le contremaître avait mesurées et allouées à chaque bûcheron. Marquée par des entailles appelées « blazes » faites à l'écorce des arbres, chaque « strip » avait une largeur de 60 pieds et pouvait atteindre jusqu'à 1 000 pieds de profondeur. Le bûcheron devait y abattre les épinettes et les sapins de plus de cinq pouces de diamètre à leur base, les ébrancher, les scier en tronçons de quatre pieds appelés « pitounes » et les empiler au milieu de la « strip » sur une hauteur de quatre pieds. Les autres essences – bouleau, mélèze, cèdre, tremble – étaient laissées debout ou abattues pour donner accès aux piles de bois et laissées sur place. On commençait le travail d'abattage au chemin principal dont on s'éloignait à mesure qu'on progressait. Les «pitounes» cordées pouvaient former une rangée presque continue si les arbres étaient nombreux et de bonne taille, mais le plus souvent elles ne formaient que des piles espacées, alignées au centre du parterre de coupe, que la neige recouvrait bientôt et qu'on ne distinguait plus que par des bosses dans la blancheur uniforme. Quand un homme avait fini sa «strip», le contremaître lui en assignait une autre plus loin parce que les lisières adjacentes avaient été entretemps assignées à d'autres. À ce jeu de saute-mouton, on s'éloignait de plus en plus du camp au fur et à mesure que l'hiver avançait.

Pierre commençait tout juste sa deuxième «strip» de l'hiver et il maugréa en pensant qu'il devait marcher 500 pieds de plus que la semaine précédente. Pour se donner du courage, il se prit à estimer le travail accompli.

«Je dois avoir au moins 55 ou 60 cordes de bûchées», calcula-t-il.

La corde, c'était l'unité de mesure que tous les bûcherons utilisaient, tout comme le faisaient les mesureurs, les «scaleurs», avec lesquels ils s'entendaient rarement. C'était le nombre de cordes qui déterminait leur rendement et leur salaire. La plupart des bûcherons mesuraient leur bois à l'œil et avaient tendance à surestimer leur production, d'où des litiges sans fin avec la mesure officielle – et le mesureur qu'on accusait souvent d'être soudoyé par l'employeur pour minimiser ses frais d'exploitation.

Quand Pierre arriva à sa nouvelle «strip», il déposa avec soulagement sa scie, sa hache, son crochet, sa boîte à lunch, un bidon d'essence et un bidon d'huile. Un homme moins en forme aurait déjà été fatigué par la marche rapide et le poids de l'attirail qu'il portait. Mais lui ne perdit pas une minute. Il s'assura d'abord qu'il était bien au centre des «blazes», ce qui n'était pas évident car il faisait encore sombre et que la neige masquait les jalons. Puis il sortit un morceau de carton de sa boîte à lunch et l'afficha à hauteur d'homme dans un petit sapin. Sur le carton, un numéro était inscrit: 26. C'était son numéro. Ainsi, le mesureur saurait que c'était lui qui avait bûché cette bande de forêt-là. Il pouvait enfin commencer. Avant même de faire démarrer la scie, il entreprit de tasser la neige avec ses pieds, allant d'une épinette à l'autre à tout petits pas pour en écraser le plus possible. La neige n'était pas encore très épaisse. Il en avait un peu au-dessus du genou. C'était quand même assez pour nuire considérablement au travail et il savait qu'en janvier et février, ce serait bien pire. Certains hivers particulièrement neigeux, les bûcherons en avaient jusqu'au ventre ou à la poitrine. Les vieux racontaient qu'en 1953, il avait fallu bûcher en raquettes!

Il choisit ensuite l'emplacement de la première pile et y tassa la neige avec soin en la piétinant. Il disposa ensuite deux petits troncs parallèles, les «rances» ou «skids» sur lesquels le bois serait empilé. À chaque bout, un piquet enfoncé, coincé contre une racine (ou un petit arbre étêté), retiendrait les billes. Les deux piquets seraient reliés à leur sommet par un travers mortaisé qu'il ne mettait pas tout de suite mais uniquement quand la pile serait parvenue à la moitié de sa hauteur. Cette méthode permettait de laisser libre de branches et de têtes d'arbres l'espace réservé à la pile et de donner à celle-ci une forme rectangulaire calculée pour contenir exactement une corde de bois.

En 1962, la scie mécanique n'était pas encore très perfectionnée et il n'était pas rare que le bûcheron ne puisse la faire démarrer le matin par grand froid. Il devait alors faire un feu et la laisser dégeler, ce qui prenait du temps. La plupart préféraient la rapporter au camp tous les soirs, mais elle était lourde à porter et le remède n'était pas infaillible, car elle pouvait quand même geler pendant le trajet du matin et refuser de fonctionner. Mais ce matin-là, Pierre n'eut pas de problème. En manipulant successivement l'étrangleur et l'accélérateur, il tira rapidement cinq ou six fois sur la corde du démarreur et le moteur tourna, par saccades d'abord, puis rondement. Pierre se dirigea vers la première épinette dont il ébrancha la base. Il l'entailla ensuite en biseau du côté où il voulait qu'elle tombe puis la scia d'un coup de l'autre côté et elle s'abattit avec fracas dans un brouillard de neige. Il répéta l'opération une dizaine de fois puis ferma le moteur de sa scie et saisit la hache pour ébrancher, afin d'économiser l'essence et parce que les branches gelées cassant facilement, il est aussi rapide d'ébrancher à la hache. Ensuite il reprit la scie pour couper les arbres en tronçons de quatre pieds – une lanière de cuir attachée à la poignée de la scie servant de mesure. Quand il eut fini, une cinquantaine de « pitounes » gisaient éparses dans la neige, qu'il ne mettrait en piles que le soir avant de rentrer au camp, à moins qu'elles ne nuisent ou risquent d'être enterrées sous les débris. Il enleva son parka : il était assez réchauffé. Il ne le remettrait, de crainte d'un refroidissement, que pour dîner ou pour limer la chaîne de sa scie. Il travailla ainsi jusqu'au soir. À midi, il ne s'arrêta que 20 minutes pour manger ses sandwichs gelés, qu'il avalait à grand renfort de gorgées de thé que son thermos avait gardé tout juste tiède. Il recommença aussitôt à abattre, ébrancher, scier. Un observateur aurait pu croire que le travail était routinier, qu'il n'était pas nécessaire de penser pour l'effectuer. En réalité, Pierre observait et calculait sans arrêt. Tel arbre devait tomber de tel côté pour ne pas s'accrocher dans un autre. Celui-là penchait vers l'extérieur, il faudrait le pousser à force de bras si c'était possible ou au moyen d'un levier de fortune pour le ramener vers le centre de la «strip», sinon Pierre devrait rapporter les pitounes à force de bras vers la pile. Il fallait faire attention aux arbres morts qui pouvaient casser et tomber sur le bûcheron pendant qu'il n'y portait pas attention. Il fallait aussi éviter qu'un arbre qu'on abat ou qu'on débite ne coince la lame de la scie en s'affaissant sous son propre poids. Sinon, on ne parvenait souvent à la dégager qu'au moyen d'un levier et au prix d'efforts harassants qui retardaient le travail. Pierre devait rester vigilant, bien tenir sa scie, surveiller le bout de la lame qui, s'il touchait d'une certaine façon un objet dur, pouvait la lui arracher des mains et la lui lancer en plein visage. Il lui fallait toujours garder les pieds solidement posés sur le sol pour ne pas trébucher et tomber sur sa scie. Il devait encore se tenir toujours prêt à sauter en arrière, car il arrive qu'un arbre tombé parmi d'autres ou entre les souches soit bandé comme un arc et se détende quand on le scie. Claude Lebel, un copain de travail de Pierre, avait eu un genou déboîté deux semaines plus tôt: il n'avait pas sauté à temps et, comme il avait le talon appuyé contre une petite souche quand il avait reçu le formidable coup de bâton d'un arbre d'un pied de diamètre, c'est son genou qui avait plié, mais à l'envers. Pierre grimaça en pensant à lui.

«Il en a ben proche pour un an avant de recommencer

à travailler. Faudrait pas que ça m'arrive. On vit maigre sur la compensation. »

Il y avait bien d'autres dangers encore, comme l'arbre scié trop vite qui tombe à l'envers et qui écrase de son poids celui qui l'abat, ou encore la «chaise de barbier». C'est ainsi qu'on appelait l'arbre entaillé qui fend pendant qu'on l'abat et dont la moitié peut donner une chiquenaude géante à la scie que le bûcheron reçoit en pleine poitrine ou au visage. Pierre avait souvent vu de ces visages balafrés comme il avait vu aussi des orteils manquants et diverses cicatrices aux bras, au cou, aux jambes. Une chaîne d'un quart de pouce de largeur hérissée de dents tranchantes ne fait jamais dans la chair une belle blessure nette : elle déchiquette plutôt. Il avait encore eu connaissance d'artères sectionnées et de bûcherons morts au bout de leur sang. Il avait bien conscience d'exercer un métier dur et dangereux, mais il avait aussi confiance en lui, confiance en sa force et son agilité. Son métier présentait un défi, mais ne lui faisait pas vraiment peur. Quant à travailler dur, il y était habitué : sur une ferme, dès l'âge de six ou sept ans, les enfants, surtout les plus vieux, commençaient à se rendre utiles. Tout jeune, Pierre avait dû rentrer le bois de chauffage, puiser et transporter l'eau pour la maison et l'étable, et participer aux travaux des champs en été. Plus tard, il avait pratiquement remplacé son père sur la ferme quand celui-ci s'absentait l'hiver pour les chantiers.

Pierre se faisait un point d'honneur de couper toutes les branches, quel qu'en soit le diamètre, d'un seul coup de hache. Quand la branche ne cédait pas du premier coup, il éprouvait un sentiment d'échec.

«Je ramollis», songeait-il, «va falloir que je me force plus».

Il avait affiné sa technique pour maximiser les résultats de ses efforts et faire tomber les arbres le plus près possible de la pile en dépit de leur inclinaison contraire ou de vents défavorables. Souvent, il abattrait un arbre sur un autre pour pousser ce dernier, quand il l'abattait, dans la direction voulue. Il lui arrivait même d'en accrocher plusieurs ensemble pour obtenir un effet de dominos. Quand venait le temps d'abattre le dernier, celui qui retenait tous les autres, il commençait par se frayer un chemin de retraite bien déblayé : quand tout s'écroule, ce n'est pas le moment de se barrer les pieds dans les aulnes ou d'être retardé par l'épaisse couche de neige. Ce n'est qu'ensuite qu'il s'avançait avec sa scie pour abattre l'arbre en question, sans presque le regarder, plus attentif aux mouvements et aux craquements des arbres accrochés – «branchés», comme disaient les bûcherons – au-dessus de lui et qui pouvaient décrocher à tout moment. À la moindre alerte, il battait en retraite au pas de course. Si rien ne se produisait, il sciait l'arbre lentement et se sauvait en vitesse dès qu'il le voyait amorcer sa chute parce qu'il savait qu'en même temps que lui, cinq ou même sept ou huit autres s'abattraient, certains à l'endroit précis où il se tenait pour abattre. De l'endroit où il se réfugiait à distance sécuritaire de l'hécatombe, il regardait avec satisfaction le nuage de neige fine soulevé par la chute de tout un part de forêt. Une fois de plus, il avait réussi à diriger sans trop d'efforts, par son habileté, les arbres vers leur destination, la pile.

Méthode dangereuse ? Peut-être ! Mais Pierre était

jeune et en pleine forme physique. Ses sens étaient développés au maximum, son oreille en particulier, qui lui faisait percevoir le moindre craquement insolite, et son œil qui décelait le moindre mouvement de la masse suspendue au-dessus de sa tête. Il avait confiance en lui-même. Devant un inspecteur de la sécurité qui lui aurait reproché son imprudence, il aurait haussé les épaules. Pour lui, il ne faisait que son métier et le risque en faisait partie.

« C'est pas pire que de descendre une montagne à 60 milles à l'heure sur deux petits skis étrettes!» se disait-il.

D'ailleurs le défi le stimulait. Rien de tel pour faire monter l'adrénaline et, du même coup, le rendement.

Malgré l'intensité de son labeur, il trouvait quand même le temps de penser à son avenir, sans doute par réflexe, pour se donner du cœur à l'ouvrage.

« Je pourrais m'acheter un char au printemps. À huit piastres et vingt-cinq la corde, si je réussis à faire mes 225 cordes cet hiver, j'aurais… »

Il arrêta son calcul qu'il savait ne pas être très réaliste.

« Ouais, ça va ralentir après les Fêtes quand la neige va épaissir. »

Il pensa à une autre solution.

« Je pourrais aller sur le charroyage. Je ferais peut-être mieux qu'à bûcher. Suffirait de donner mon nom tout d'suite. »

En effet, jusqu'aux Fêtes, tout le monde bûchait. Mais à partir de janvier, on formait une vingtaine d'équipes de deux hommes dont le travail consistait à charroyer tout le bois des «strips» jusqu'au chemin principal, où il était chargé sur des camions et acheminé vers le chemin de fer à la voie d'évitement de Reesor. On se servait pour cela de petits tracteurs à chenilles et de traîneaux appelés «bobsleighs», spécialement conçus pour épouser la forme accidentée du terrain. Pierre aimait bien ce travail, il adorait conduire les tracteurs et ne détestait pas charger les traîneaux ou les camions à la main ou au crochet. Mais il savait par expérience que le froid peut être bien plus cruel pour le chauffeur du tracteur assis sans bouger sur un siège gelé en plein vent que pour le bûcheron qui s'échine à l'abri de la forêt. À l'abattage, l'effort est constant, alors qu'au charroyage, le travailleur prend une suée à charger son traîneau, suée qui glace sur son corps pendant le trajet en tracteur vers le chemin principal.

«S'agirait de m'habiller en conséquence. Un parka, c'est pas dur à mettre pis à ôter. Je pourrais aussi changer de mitaines pis de chapeau chaque fois que je change d'ouvrage.»

Il se demanda si le règlement concernant les casques de sécurité s'appliquerait aussi au charroyage.

«Non, ça aurait pas d'allure. Pour bûcher, je comprends qu'y peut toujours nous tomber que'que chose su'a tête, mais pour charroyer, qu'est-ce qu'y peut tomber?»

Il revint en pensée à sa voiture neuve. Il savait que son père voulait plutôt acheter un tracteur de ferme pour se débarrasser une fois pour toutes des chevaux.

«C'est ben sûr que ça serait plus d'adon. N'empêche que Madeleine aimerait mieux un beau Chevrolet à quatre portes, bleu avec ben du chrome.»

Madeleine! C'est vers elle que ses pensées revenaient toujours depuis quelques temps. Il écarta le souvenir du samedi soir précédent pour penser à Noël, à la messe de minuit, au réveillon qu'il passerait avec elle... si elle l'invitait.

«Une fois fiancés, toute va changer pour le mieux. Y'a pas de raison de se chicaner pour des niaiseries de même. »

Il s'avisa que la journée tirait vers la fin.

«C'est ben beau tout ça, mais faudrait quand même que je corde mon bois avant que la noirceur prenne. Surtout que le temps a adouci pas mal. Ça me surprendrait pas pantoute qu'y neige pendant la nuite. »

Chapitre IV

Il était près de six heures et quart ce soir-là quand Pierre entra dans la «cookerie» pour souper. C'était une longue pièce qui contenait deux rangées de tables flanquées de bancs de bois qui l'occupaient presque en entier. Elle pouvait accueillir en même temps une centaine de convives, ce qui n'était pas trop puisqu'on avait au chantier coopératif cet hiver-là 87 bûcherons, un contremaître, un «choboy» — homme à tout faire dont la tâche principale consistait à entretenir le feu dans les camps et à les approvisionner en eau — et deux mesureurs, sans compter le cuisinier et ses deux aides qu'on appelait «cookies». La cuisine et le garde-manger étaient situés à l'extrémité du camp où le cuisinier avait sa chambre à côté de celle que partageaient les «cookies». Pour la première fois cette année, les deux «cookies» étaient des femmes, choisies parmi les épouses des bûcherons. La plus vieille, Maria Gauvin, n'attirait pas beaucoup les regards mais la plus jeune, Marielle, nouvellement mariée à Jean-Marie Letendre, jeune, vive et plutôt jolie, ne manquait jamais, dès qu'elle voyait entrer son mari, de venir l'embrasser et s'informer de sa journée. Ce qui faisait des jaloux qui auraient bien aimé être accueillis de cette façon.

« Pis moué, ma belle, tu m'en donnes pas un bec à moué itou ? »

Elle repartait en riant pour reprendre son service, laissant Jean-Marie se pavaner, mais tous savaient bien qu'elle reviendrait pendant le repas lui offrir les meilleurs morceaux. Jean-Marie aurait dû être un homme comblé mais il manquait quelque chose à son bonheur. Quand on avait embauché sa femme, Jean-Marie comptait bien partager sa chambre dans la « cookerie » plutôt que de coucher dans le camp-dortoir appelé « bunkhouse ». Mais contre toute attente, la direction en avait décidé autrement. Le conseil de direction, composé de quatre vieux pas très romantiques, avait statué :

« Les cookies couchent dans la cookerie pis les bûcherons dans la bunkhouse. Nouveaux mariés ou pas. »

Jean-Marie avait dû s'incliner mais il n'en continuait pas moins de maugréer chaque soir, quand il se retournait dans son « bunk bed », maudissant l'injustice flagrante qui lui était faite. Aux repas, il devait en plus subir les taquineries des hommes, surtout celles des jaloux qui se faisaient un malin plaisir de mettre de l'huile sur le feu. Justement, il était en train de dire à Pierre en égrenant des biscuits soda dans sa soupe :

« On aurait pu la diviser, la chambre. Un rideau, c'est pas si dur que ça à poser. »

Son voisin de gauche, le grand Benoît, fit semblant de compatir.

« Ouais, un mariage comme ça, ça fera pas des enfants forts. »

Pierre ne put résister à l'envie d'enfoncer le clou.

« Si tu veux mon avis, ça fera pas d'enfants pantoute! »

Toute la tablée riait, sauf Jean-Marie qui avalait sa soupe d'un air maussade.

Pour faire diversion, quelqu'un demanda :

« Le bois est-y beau, Pierre, dans ta nouvelle strip? On dirait que le terrain est plus haut dans ce coin-là.

– Ah, pas ben riche. Ben de la fardoche pis des saint-michels.

– Ça peut pas être pire que la mienne. De la petite épinette noire branchue perdue dans le saccacomi. »

Pierre mangeait en compagnie de son groupe d'amis hors duquel il s'aventurait rarement : Jean-François Bernard, Jean-Marie Letendre, Luc Lauzon, Rosaire Morin et quelques autres. Tous les camps étaient d'ailleurs ainsi constitués de groupes dont les membres se tenaient ensemble à table, couchaient dans des lits voisins et se divertissaient aux cartes entre eux. Ces groupes se formaient un peu en fonction de l'âge, mais surtout en fonction de la performance au travail. Les bûcherons de quatre cordes et plus étaient les rois incontestés du camp et se mêlaient peu aux autres. Ceux de trois cordes par jour venaient après dans la hiérarchie et ainsi de suite jusqu'aux médiocres producteurs d'une corde ou moins que le mépris général abaissait au rang du « choboy ». Une seule exception à la règle : les joueurs de musique à bouche, violoneux ou gigueux, qui divertissaient tout le monde, avaient droit à un statut plus élevé que celui que leur conférait leur performance au travail. Les autres devaient tenir leur rang.

À l'autre bout de la table, des jeunes taquinaient le père Lambert qui était, à soixante ans, le doyen du camp.

« Avez-vous faite vos dix cordes aujourd'hui, le père? »

Bon enfant, le vieux jouait le jeu.

«Ben plus que ça! Au moins 12 cordes... Au bucksaw en plus!»

Tout le monde savait que ce n'était pas vrai: un bon bûcheron, dans la force de l'âge, parvenait tout juste à bûcher quatre cordes par jour. Le père Lambert, malgré son âge, faisait encore ses deux cordes par jour régulièrement, ce qui était fort honorable. Mais il n'avait jamais réussi à apprivoiser la scie mécanique et apportait encore le matin sa scie manuelle, le bon vieux «bucksaw» introduit dans les chantiers par les Finlandais, sous le regard ironique des jeunes, au cas où...

«N'empêche que j'ai jamais vu un bucksaw qui partait pas le matin. Un cheval non plus. Peux-tu en dire autant de ta chaîne saw ou d'un tracteur à ponts?»

Il avait dit «chaîne saw». On aurait presque pu juger du degré d'anglicisation d'un bûcheron juste par l'emploi et la prononciation de ce terme-là. Un Québécois nouvellement arrivé en Ontario aurait dit «scie à chaîne», un Ontarien peu anglicisé, «chaîne saw» prononcé à la française, comme le père Lambert venait de le faire. Les plus anglicisés prononçaient carrément le terme «chainsaw» en anglais. Les plus bilingues, qui étaient aussi souvent les plus jeunes, employaient indifféremment les trois formes. Le terme «scie mécanique», que tous comprenaient pourtant, était réservé au langage écrit, aux publicités des fabricants Homelite, Pioneer ou McCollough. Quant à «tronçonneuse», le mot du français dit standard, personne ne l'aurait compris.

Les jeunes ne voulaient pas lâcher prise.

«Peut-être que le moteur de ma chainsaw est un peu capricieux des fois, le père. Mais y'est jamais fatigué lui, pis y'a pas besoin de se faire frotter à la robin' alcohol le soir, comme le moteur de vot' bucksaw. »

Un autre, plus sérieux, ajouta :

« Vous avez encore rien vu, monsieur Lambert. À la Spruce Falls, y sont en train de remplacer les p'tits tracteurs pis les bobsleighs par des Garrett pis des Timberjack. Y sortent les arbres au complet de la strip. Une vraie beauté de voir ça : un homme dans le bois pour abattre, un autre à la pile sur le dur pour ébrancher, toper pis débiter, pis un troisième sur la machine qui se promène d'un à l'autre avec dix, douze arbres du coup. »

Le père Lambert demeurait sceptique.

« C'est faite comment, c'te machine-là ?

— Un peu comme un gros tracteur à roues excepté que les quatre roues sont de la même grandeur pis commandées. La machine plie au milieu pour tourner. En arrière, elle a un winch avec un gros câble d'acier où c'est qu'on attache des câbles plus petits à nœuds coulants pour haler les arbres. »

Pour l'ancien, tout cela restait du domaine de la fiction. Il voulut avoir le dernier mot.

« Des belles patentes pour avoir du trouble pis faire de la mécanique nu-mains des grandes journées de temps. Au moins avec un bucksaw tu te réchauffes pis tu peux garder tes mitaines. Ça doit être pour ça que les gars de la Spruce veulent faire la grève : y'ont pas assez de misère ! »

Au mot grève, Pierre avait levé la tête. Les Latulipe, Madeleine, son samedi soir manqué, tout ce qu'il avait réussi à tenir à l'écart lui revenait maintenant. Même si la conversation qui lui avait fait dresser l'oreille se tenait à l'autre bout de la table, il n'en perdit plus un mot. Chacun y allait de son commentaire.

«Y'en aura pas de grève. Y vont régler ça avant Noël, en janvier au plus tard.

– Ça me surprendrait qu'y règlent. La compagnie est ben trop rapace. On sait ben, des Américains... Le moulin prend 450 000 cordes de bois par année. Imagines-tu le motton que ça fait si y peuvent sauver, seulement qu'une piasse la corde?

– C'est les gars qui en demandent trop. Y'en a d'eux autres qui font le double de ce qu'on fait, nous autres. Pis c'est pas encore assez. Y veulent toutes avoir le char de l'année pis la télévision.»

En réalité, ils ne savaient pas sur qui jeter le blâme. Mais si un accord ne semblait pas possible entre la compagnie et les bûcherons, quelqu'un devait en être responsable. Alors, ils blâmaient n'importe qui. C'est peut-être le père Lambert, plus fort en psychologie qu'en mécanique, qui eut le commentaire le plus pertinent.

«Le problème, c'est que ces gars-là sont pus libres. Nous autres, sur nos terres, on fait ce qu'on veut. On finit peut-être par travailler plus fort qu'eux autres pis pour moins cher, mais on le fait comme on veut pis quand on veut. Même l'hiver quand on vient dans l'bois, on s'arrange entre nous autres. Pas besoin de demander la permission à Pierre, Jean, Jacques pour prendre une journée ou deux quand y'a d'la maladie dans l'étable ou à la maison. Y'a personne de libre comme un cultivateur. Être son propre boss, y'a pas de salaire pour remplacer ça.»

Sans en être conscient, il défendait toute l'idéologie du terroir que bien d'autres, plus lettrés, avaient chantée depuis un siècle au Canada français et que le clergé continuait de prêcher contre toute logique, par simple habitude ou par intérêt. Il ne savait pas que cette idéologie, presque partout, était en train d'agoniser.

Pierre fut réconforté par les paroles du vieux.

«C'est vrai que la liberté, ç'a pas de prix. J'ai choisi le meilleur chemin. Y faudra ben que Madeleine le reconnaisse un jour ou l'autre.»

CHAPITRE V

L e 14 janvier suivant, quand Pierre sortit du camp pour aller travailler, la morsure du froid le fit frissonner. Une espèce de brume faite d'humidité glacée en suspension dans l'air voilait tout. Il n'avait pas consulté le thermomètre placé à la porte du camp, mais n'avait nul besoin de le faire pour savoir que c'était un froid exceptionnel. L'eût-il fait, il aurait pu y lire -44 °F. Malgré l'obscurité, il pouvait voir monter l'haleine de son compagnon de travail, Jean-François Bernard, avec lequel il sortait le bois des «strips» depuis qu'il avait sollicité et obtenu le poste de «bobbeur». S'il avait observé Jean-François de près, il aurait bientôt vu une épaisse couche de frimas couvrir ses cils, sa moustache et la fourrure de son parka. Mais ce matin, il avait bien d'autres préoccupations que son apparence ou celle de Jean-François.

Il fallait d'abord faire démarrer le tracteur, un petit D2 Caterpillar à chenilles. Ce ne serait pas une mince affaire. S'il fonctionnait bien par temps doux, le tracteur n'aimait pas le froid et, chaque fois que le thermomètre descendait plus bas que -20 °F, c'était une véritable bataille pour le mettre en marche. On devait enlever la batterie et l'entrer à l'intérieur pour la réchauffer et parfois même faire un petit feu dont on dirigeait la chaleur vers le moteur à l'aide d'une toile. Cette opération prenait du temps et, comme ils étaient payés à la corde, Pierre, dont la patience n'était pas la vertu dominante, pestait contre le tracteur. Heureusement pour lui, Jean-François, arrivé depuis peu du Lac-Saint-Jean pour s'établir sur une terre à Mattice, était d'un naturel posé, un peu lent même au goût de Pierre, mais constant, le genre de gars qui adopte un rythme de travail l'automne et le garde jusqu'au printemps sans jamais prononcer un mot plus haut que l'autre. Il trouvait toujours le truc pour mettre le tracteur en route ou pour calmer Pierre pendant qu'il tempêtait.

«Un de ces bons matins, je vas mettre le feu direct dans le maudit tracteur, comme ça y va réchauffer le sacrament!

— Tu serais ben avancé. Ce qu'on devrait faire par exemple, c'est rentrer la batterie toutes les soirs. Ça prend juste deux minutes pis on aurait moins de trouble le matin. »

Ce matin-là, le rituel du démarrage ne prit qu'une heure et les deux travailleurs se félicitèrent de leur chance. Avec un froid pareil, ils auraient facilement pu perdre l'avant-midi au complet. Ils se dirigèrent vers la «strip» qu'ils avaient commencé à vider de son bois la veille. Le tracteur tirait deux «bobsleighs» l'un derrière l'autre. Tous les «bobsleighs» étaient munis d'un point d'attache à l'arrière pour qu'on puisse les accoupler et en faire, si on le désirait, si les chemins étaient durs et la distance trop longue, de véritables trains de cinq, huit ou dix traîneaux. Pierre avait même entendu parler d'un record qu'on avait tenté d'établir à la Newago, près de

Mead, l'hiver précédent : un seul tracteur – plus puissant que le leur, bien entendu – pour 22 « bobsleighs » ! Cela n'avait pas fonctionné, le traîneau de tête s'était disloqué : les chaînes en croix reliant les deux parties avaient été arrachées des tables, pourtant faites de pièces de bois franc massif.

Comme les chemins étaient durs – le froid a aussi ses avantages – on tirait donc deux « bobsleighs », dont chacun pouvait contenir environ trois cordes. Pour battre les strips d'avance, on entrait toujours « allège » par une « strip » encore pleine de bois pour ressortir par celle que l'on était en train de vider. Le froid faisait ensuite durcir la neige, de sorte que, quand on serait rendus là, le chemin serait à point.

Quand Pierre et Jean-François parvinrent à la pile, d'un commun accord, sans couper le moteur du tracteur – ils avaient eu assez de mal à le faire démarrer ! –, ils se mirent aussitôt à l'œuvre. C'est qu'ils avaient hâte de se réchauffer. Les peuples du Nord ne sont pas devenus industrieux par choix mais par obligation, parce que c'était la seule façon de ne pas geler tout rond.

Ils commencèrent par enlever la neige qui s'était accumulée sur les piles. L'emplacement des piles n'était d'ailleurs reconnaissable qu'à la bosse qu'elles formaient dans la neige. Il fallait donc commencer par déneiger. Ensuite Pierre et Jean-François faisaient glisser les « pitounes » vers eux et vers le traîneau à l'aide d'un crochet manié avec la main droite. Ils attrapaient le bout rapproché de la bûche de la main gauche ou, plus souvent, dans l'angle du coude du bras gauche, plantaient le crochet dans l'autre bout du tronçon et, d'un seul mouvement, ils le dirigeaient sur le « bobsleigh ». Puis ils recommençaient avec la pitoune suivante. L'opération ne prenait que quelques secondes et deux hommes «accotés» pouvaient charger un traîneau de trois cordes en moins de quarante minutes.

Ce n'était pas toujours facile cependant. Le travail est relativement aisé quand le traîneau est encore vide et la pile de bois haute. Mais à mesure que la pile baisse et que la charge monte, il faut prendre le bois plus bas et le lancer plus haut. Or, les plus grosses bûches se trouvent toujours au fond des piles, c'est bien connu : celui qui les a empilées n'avait pas avantage lui non plus à les jucher plus haut qu'il n'était obligé de le faire. Vers la fin de la journée, quand l'énergie baisse, que tous les muscles sont endoloris, et que la charge est presque pleine, le travailleur se confronte souvent à des bûches de 18 ou 20 pouces de diamètre gisant, à peine visibles dans la neige, un pied plus bas que la semelle de ses bottes. Il doit les tirer à lui et les lancer littéralement par-dessus sa tête. C'est là qu'on voit ceux qui ont du cœur au ventre !

Un autre problème, c'est qu'on a commencé à bûcher en novembre, quand il faisait beaucoup moins froid. La pluie et la neige fondante ont souvent, en gelant, scellé les «pitounes» entre elles, surtout sur le dessus des piles. Il faut alors cogner sur la pile à coups de hache pour redonner à chaque bûche son indépendance de mouvement. Malheur à celui qui ne le fait pas consciencieusement. Rien n'est plus frustrant et même plus douloureux que de donner au crochet l'impulsion qui doit faire glisser la bille mais que rien ne bouge. On a alors l'impression que les articulations du coude et de l'épaule sont en train de se disloquer.

Il devait être neuf heures et demie lorsque Pierre piqua son crochet sur une bûche de la charge en disant :

« On en a assez comme ça. La trail est solide mais est rough en maudit. »

Jean-François acquiesça.

« On va attacher une pitoune en arrière de la sleigh pour draguer. Si ça rempire trop, on va être obligés de mettre des baratins dans les slaquets. »

Pierre crut avoir mal entendu.

« Mettre quoi ?

— Mettre du bois dans les trous.

— Ah bon. On peut toujours essayer de draguer avec une pitoune pour commencer. »

Jean-François utilisait souvent spontanément de ces expressions du Lac-Saint-Jean que Pierre devait se faire expliquer. Il avait envie de lui dire :

« Tu pourrais pas parler comme tout le monde ? »

Mais l'autre croyait sincèrement s'exprimer en français standard. Il pensait :

« C'est vrai qu'icitte, y parlent pas français trop trop ben. »

Les cahots du chemin qu'ils voulaient aplanir étaient causés en grande partie par le véhicule de transport dont ils se servaient. Le « bobsleigh », utilisé au Canada depuis un siècle, est un merveilleux instrument, un bel exemple d'ingéniosité et d'adaptation au terrain. Constitué de deux parties indépendantes reliées entre elles par des chaînes croisées, il épouse parfaitement la forme du terrain et l'arrière-train suit exactement la trace laissée par l'avant-train. Chaque partie comprend deux patins de bois à semelle de fer sur lesquels est posée la table, grosse pièce de bois franc, dans des encoches dont le jeu permet à chaque patin de se mouvoir librement. Le « bunk », ou pièce de bois munie d'un poteau de retenue à chaque extrémité, est installé sur un pivot au centre de la table. On peut utiliser des poteaux amovibles pour faciliter le chargement et le déchargement des billes longues. Pour la «pitoune», chargée dans une position transversale, on a simplement placé quelques troncs d'un «bunk» à l'autre sur lesquels on empile les bûches.

Les avantages de ce type de traîneau sont nombreux. D'abord, il peut servir au transport du bois de n'importe quelle longueur: on n'a qu'à varier la longueur des chaînes pour les billes de 12, 16 ou 20 pieds. Deuxièmement, il épouse parfaitement la forme du terrain, chaque patin pouvant, de façon indépendante, monter ou descendre. Ceux qui connaissent le relief accidenté de la taïga canadienne comprendront aisément l'avantage de cette caractéristique. En troisième lieu, puisque seul l'avant-train est fixé au timon (raccourci depuis l'avènement du tracteur) et que l'arrière-train suit librement au bout des chaînes, l'un peut monter pendant que l'autre descend, ce qui réduit la force de traction nécessaire au déplacement de la charge, avantage énorme à l'époque des chevaux et encore appréciable par la suite. Enfin la trace imprimée par les patins est si nette que, pour peu que le gel la fasse durcir, il devient presque impossible que le «bobsleigh» ne la quitte sans que le conducteur ne le fasse exprès.

Le «bobsleigh» a pourtant un désavantage. À osciller ainsi par trous et par buttes, il a tendance à creuser les trous et à accumuler la neige sur les buttes. À la longue, le chemin peut en devenir impraticable, d'où la nécessité de remplir de bois ou de neige les pires trous ou de gratter les buttes en laissant traîner une bûche derrière le traîneau au bout d'une chaîne. Malheureusement, cette opération prend du temps et ralentit le charroyage.

«Avec toute c'te perte de temps-là, on réussira pas à faire nos quatre voyages aujourd'hui.»

Quatre voyages par jour, c'était l'objectif que Pierre s'était fixé. Quatre voyages à deux traîneaux contenant trois cordes chacun faisaient 24 cordes. À 1,75 $ la corde qu'il séparait avec Jean-François, il touchait pour sa part, 21 $.

«Autant que bûcher quasiment trois cordes.»

Malheureusement, ce n'était qu'un idéal qu'ils n'atteignaient presque jamais à cause du froid qui retardait le démarrage, des pannes du tracteur ou de l'état des chemins qu'il fallait réparer. Jean-François, flegmatique, répondit:

«On va faire ce qu'on va pouvoir. Ce qu'on fait pas aujourd'hui, on le fera demain.»

Pierre avait une bonne raison de se hâter: Madeleine. Pendant la période des Fêtes, les choses s'étaient un peu corsées. Tout en conduisant le petit tracteur en direction du chemin de halage, il ne pouvait s'empêcher d'y revenir en pensée.

Il lui avait fallu se rendre à l'évidence: Madeleine l'évitait. En sortant de la messe, le dimanche avant Noël, elle s'était dépêchée de monter en voiture comme pour ne pas avoir à lui adresser la parole. Cet après-midi-là cependant, il l'avait revue au match de hockey entre l'équipe d'Opasatika et celle de Mattice sur la patinoire extérieure du village.

«Là, a pourra pas se défiler.»

Il l'avait abordée carrément.

«Coudon, te sauves-tu de moué?»

Elle avait protesté puis avoué que son père lui avait interdit de le voir. À la sortie de la messe, le paternel était présent et la surveillait. Ici, la situation était différente.

Pierre avait été abasourdi.

«Y'est-tu tombé su'a tête, lui? Tu parles d'un vieux toqué. Pis nous autres, là-dedans? On était supposés se fiancer...»

Madeleine avait déjà établi une stratégie. Elle n'était d'ailleurs pas venue à la partie de hockey par hasard, mais parce qu'elle savait que son père n'y viendrait pas et que Pierre avait de fortes chances d'y être.

«Je le connais, le père. Y va en revenir. C'est juste la grève qui le travaille un peu trop fort. Y va changer d'idée quand ça va être passé. Donnons-y le temps. Oublions les fiançailles pour les Fêtes. On se fiancera à Pâques. C'est pas si grave.

— Pis en attendant?

— En attendant, on se voit quand on peut, quand le père est pas aux alentours.»

Pierre était soulagé que le problème ne vienne pas de Madeleine, mais dépité tout de même que leur relation se complique à ce point.

«Ç'a pas d'allure ben ben ça. Voir ma blonde à cachette.»

Madeleine crut devoir l'encourager.

«Profitons-en quand on peut. T'as le pick-up de ton père?»

Ils prirent avantage d'un but compté par Jean-Paul Gagnon pour s'esquiver dans le brouhaha. Pierre trouva un chemin de concession peu passant pour se garer et, peut-être pour vérifier l'attachement de Madeleine, se livra à des caresses plus intimes que celles qu'il s'était permises jusque-là. Madeleine ne résistait pas; elle avait, elle aussi, quelque chose à prouver. Ils avaient renouvelé leurs promesses et se jugeaient aussi fiancés que si Madeleine avait eu la bague au doigt.

Le reste des Fêtes avait été plutôt terne. Ils s'étaient revus à quelques reprises, mais sans pouvoir se parler vraiment et encore moins s'isoler des autres. Pourtant, le regard de Madeleine avait été éloquent et si, aux yeux de tous, ils avaient «cassé», Pierre était sûr d'elle et sûr de lui-même.

«Madeleine, c'est la mienne. Y va ben falloir que le bonhomme accepte ça.»

C'est sur cette pensée qu'il atteignit le chemin de halage où un camion les attendait. En principe, les allées et venues du tracteur et du camion devaient être synchronisées. Deux hommes travaillaient avec le camion, le conducteur et son assistant. On était donc quatre pour effectuer le transfert des bûches du traîneau au camion. Celui-ci pouvait porter six cordes sur deux rangées, c'est-à-dire le contenu des deux «bobsleighs». L'opération prenait moins d'une demi-heure, à la suite de quoi Pierre et Jean-François repartaient dans la «strip» pendant que le camion se dirigeait vers Reesor où les deux autres transféraient son contenu sur un wagon garé sur une voie d'évitement familièrement appelée «siding». Il fallait trois voyages de camion pour emplir un wagon, c'est-à-dire 24 cordes disposées sur deux rangées parallèles. Le trajet du camion était plus long que celui du tracteur. Par contre, l'opération de transfert du camion au wagon était plus facile et plus rapide que le chargement des «bobsleighs». En principe donc, le camion et le tracteur devaient revenir à la jonction de la «strip» et du chemin de halage à peu près en même temps. Souvent même, le conducteur et son aide, légèrement en avance, avaient le temps de prendre un café avant l'arrivée du tracteur. Parfois, par contre, ils étaient retardés par une panne ou une crevaison. Le camion était aussi capricieux que le tracteur pour démarrer le matin et plus dépendant que lui de l'état des chemins que le dégel défonçait, que la pluie glaçait ou que la neige encombrait. Les sorties de route n'étaient pas rares et il était même arrivé de verser carrément dans une courbe en rencontrant un camion vide : le chemin n'était ni très large ni très bien entretenu.

Quand le camion n'était pas au rendez-vous, Pierre et son copain ne l'attendaient pas : ils décrochaient les «bobsleighs» le long de la route et en accrochaient deux autres vides pour retourner charger sans perdre de temps. Il leur arrivait donc d'avoir un voyage ou deux d'avance sur leurs collègues du camion, ce qui les arrangeait bien quand c'était leur tour d'être retardés par une panne du tracteur ou l'état des chemins dans la «strip».

Ce matin-là, le camion était déjà sur place quand Pierre déboucha sur le chemin principal avec son chargement. Il arrêta le tracteur en bordure de la route et attendit que le camion se range à côté du premier «bobsleigh», le plus près possible sans risquer de l'accrocher, avant de grimper sur la charge pour commencer le transbordement. Mais il n'avait pas encore planté la pointe de son crochet dans la première bûche que le conducteur du camion, Jos Hamel, en refermant la portière, laissa tomber la phrase qu'il avait redoutée mais qu'il n'attendait pas si tôt et qui lui arracha une grimace de dépit :

«Y'a du nouveau à matin. Rosaire Nolet est arrêté nous jaser à' siding. Y dit que les gars de la Spruce sont en grève.»

Chapitre VI

À peu près au même moment, dans la salle de la Légion de Kapuskasing, Hermas Latulipe, la pipe à la main, écoutait, en balançant sa chaise sur deux pieds, un des nombreux orateurs qui se succédaient depuis le matin. Contrairement aux autres, celui-là parlait français, de sorte que le bûcheron comprenait au moins tous les mots et, en prime, même le sens de son discours.

« ...On prend tout le monde par surprise. C'est ça la tactique. Personne attendait la grève avant la semaine prochaine. La direction de l'union aura pas le choix de suivre, même si y manque encore quatre jours avant qu'on soye en position légale de faire la grève. Dans le fond, ça va faire leur affaire. On fait quasiment leur ouvrage à leur place pis y peuvent faire semblant que c'est pas de leur faute. Mais ça leur donne une carte de plus pour négocier : pensez donc, des employés tellement insatisfaits qu'y peuvent même pas attendre quatre jours de plus pour faire la grève.

« La compagnie, elle, ça fait assez longtemps qu'a se traîne les pieds. Asteure, y vont comprendre que c'est sérieux. Le temps est de notre côté. Y'a 100 000 cordes de pitounes dans le bois qui vont rester drette là si on règle pas ben vite. Le charroyage faisait juste commencer. C'est pour ça qu'y fallait arrêter aujourd'hui, même si c'est pas encore légal, même si la direction est pas d'accord tout à faite. Chaque bûche qui se rendait au moulin leur permettait de le faire marcher un peu plus longtemps. Asteure, y vont être obligés de parler sérieusement. C'est simple, y leur faut du bois pour faire marcher le moulin toute l'été. Y'en ont pas plus qu'un mois d'avance. Pis tout c'te bois-là, y faut qu'y soye sorti avant la fin de mars, avant que les chemins cassent. Y'ont pas le choix!»

C'était le genre de discours que les quelque huit cents syndiqués qui assistaient à la réunion voulaient entendre. Ils applaudirent. Des cris montaient de la salle au milieu de la fumée de cigarette.

«Ben parlé, mon Maurice.

– C'est en plein ça.»

Un autre s'avançait vers le micro pour renchérir, en anglais cette fois, mais avec un fort accent français.

«I agree completely... Mais c'est pas toute. Y faut faire sûr que y'a pas d'autre bois qui se rende au moulin. Y faut faire comprendre aux indépendants qu'y doivent arrêter le charroyage complètement. On devrait écrire une lettre pis aller leur porter en personne. À part ça, y faut patrouiller pour être certains qu'y s'arrêtent.»

Il fit une pause pour laisser s'exprimer l'approbation qui fusait de toutes parts. Puis, sentant quelques réticences soulevées par le commentaire d'un ancien, il reprit:

«Non, t'as pas raison là-dessus. C'est pas juste notre grève à nous autres. C'est pour eux autres aussi qu'on la fait, la grève. Eux autres aussi y sont mal payés pour leur ouvrage, encore plus mal payés que nous autres. En améliorant les conditions de travail pis les salaires, on va faire monter le prix de la corde que les indépendants vont pouvoir avoir. La grève va profiter aux travailleurs de toute l'industrie, syndiqués ou pas. C'est pour ça qu'y faut qu'y soyent de not' bord. »

On applaudit, le père Latulipe plus fort que les autres. Même si l'orateur avait parlé anglais, il avait l'impression d'avoir tout compris. Le discours venait de lui enlever un poids des épaules, un vague sentiment de culpabilité, le sentiment de trahir ses anciens collègues.

« Y'a ben raison. Les cultivateurs crèvent sur la terre l'été pis y crèvent encore dans le bois l'hiver. Si y sont trop caves pour suivre le progrès par eux autres mêmes, va falloir le faire à leur place. »

Du même coup, il justifiait son changement d'orientation et se déculpabilisait d'exiger un sacrifice de plus démunis que lui.

❖

À peu de distance de là, dans les bureaux de la compagnie, le gérant général avait réuni quelques cadres pour faire le point sur la situation. Selon son habitude, Clifford Thompson ne comptait pas leur demander leur avis, mais voulait les mettre au courant de la politique qu'il avait déjà établie avec ses patrons de New York.

« The situation may not be as bad as it looks. »

Son ton était ferme, incisif. De haute taille, il aimait en imposer, ce qu'il faisait d'autant mieux qu'il était resté debout pour parler alors que ses huit subalternes, tous des chefs de département, étaient assis autour de la table ronde et l'écoutaient sans broncher.

« On continue les opérations du moulin sans rien

changer. On a du bois dans la cour pour un bon mois, peut-être plus… Y'a des rumeurs à New York que les imprimeurs vont faire la grève d'ici une semaine. Si ça arrive, le *New York Times* pourra pas être publié. C'est 35 % de notre production. On pourra fermer une machine à papier, peut-être deux. Ça va étirer notre matière première.

« En plus de ça, les indépendants vont continuer à nous envoyer du bois. C'est pas négligeable : à peu près 120 000 cordes dans l'hiver. Avec ça, on peut tenir jusqu'au printemps, même jusqu'en juin si la production ralentit à cause de la grève de New York.

« On a d'autres solutions aussi. Je vais commencer à faire bûcher du bois sur nos limites du nord du Québec. Par des contracteurs indépendants, bien entendu. Ça va coûter cher de transport, mais ça peut nous dépanner, nous permettre de rester ouverts plus longtemps.

« Le problème des syndiqués, c'est qu'y pensent qu'on est mal pris. C'est pas vrai. Quand y vont voir arriver le printemps pis qu'y vont se rendre compte que le moulin tourne toujours, y vont régler. Y peuvent pas rester indéfiniment sans salaire. Pis là, on va les mettre à l'ouvrage. On a réservé des coteaux sur nos limites qu'on garde exprès pour le cas où on serait obligés d'aller chercher des grosses quantités de bois en plein été.

« Ça serait peut-être plus simple de leur donner ce qu'y demandent mais faut penser à long terme. La compagnie serait moins profitable pis ça finirait pas là. On sait bien que plus on en donne, plus y'en demandent.

« Mais on se laissera pas intimider. Y vont s'apercevoir que la Spruce Falls a les reins solides.

«Bon, ça va être tout pour à matin. Je vous garde au courant...»

De toute la réunion, personne, à part Thompson, n'avait dit un mot.

❖

Yves Labrecque, président du local 2995 du Syndicat des bûcherons et employés de scieries, affilié à la Fraternité des menuisiers-charpentiers d'Amérique, dirigeait les réunions autrement : il aimait les consensus. Il avait réuni d'urgence les représentants syndicaux parce que la grève l'avait pris totalement au dépourvu. Jamais il n'avait cru que les travailleurs quitteraient le travail spontanément, sans qu'il soit au courant et à quatre jours seulement de la date où il comptait les faire voter légalement sur la question.

«Mais à quoi c'est que vous avez pensé? Une grève illégale, on a jamais vu ça dans l'industrie. On aurait dû attendre encore quatre jours. À quoi c'est que vous avez pensé?»

Il s'adressait aux cinq hommes qu'il avait devant lui, en particulier à Jim O'Donnell, un petit homme chafouin qui semblait habitué d'être le porte-parole des autres.

«On a pensé à rien, nous autres. Mais les gars, eux autres, ont pensé que si on est pour faire la grève, faut la faire tout d'suite aujourd'hui. Depuis que le charroyage est commencé, chaque jour que le bon Dieu amène, y'a 4 à 5 000 cordes de bois qui arrivent dans la cour du moulin. Avant-hier, j'ai compté 97 chars qui attendaient su'a track pour se faire décharger. À part des trucks qui font deux pis trois voyages par jour. Y'a des journées, j'serais pas surpris qu'y rentre 8 000 cordes. On attendrait quatre jours pis une journée pour voter, pis une autre pour rendre ça officiel, pis la compagnie aurait du bois pour nous faire niaiser un mois de plus. Moi, chus d'accord avec les gars : pas une pitoune de plus qui se rend au moulin. »

O'Donnell avait adopté un air de défi.

Labrecque se tordait les mains.

« C'est pas si simple que ça. On peut avoir une injonction. Pis même sans ça, on fait partie d'une grosse union qui compte plus que 100 000 membres. Qu'ossé qu'on fait si la centrale nous appuie pas ? »

O'Donnell rétorqua d'un ton dur :

« C'est d'abord à la direction d'appuyer ses membres. C'est à ça que ça sert une union. Pis si la direction suit pas, une direction ça se change. Pour la centrale, une affiliation aussi ça se change. Si j'étais toi, je ferais pas trop de fla-fla avec la question de la grève illégale. »

Labrecque eut l'air subjugué.

« Bon, j'vas parler aux membres. T'as dit qu'y étaient à Légion à matin ? »

❖

Pour bien comprendre les enjeux du conflit de travail, que le lecteur nous permette de revenir au 11 janvier, soit trois jours plus tôt, à la dernière séance des négociations, celle qui avait achoppé et conduit à l'arrêt de travail des bûcherons.

Dans la petite salle de réunion des bureaux administratifs de la Spruce Falls situés juste en face du moulin, séparés de lui seulement par la route 11, trois négociateurs syndicaux faisaient face à trois négociateurs patronaux. Il était 23 h 15. Ils étaient en réunion depuis plus de quinze heures d'affilée, ils étaient tous fatigués et une barbe naissante commençait à leur ombrager les joues. Les cendriers étaient pleins et de nombreuses tasses sales traînaient sur la table, attestant l'abondance du café qu'on avait bu. La poubelle contenait les boîtes, les assiettes de carton, les ustensiles de plastique et les restes de pizza et de mets chinois des deux repas qu'ils avaient mangés sans interrompre les pourparlers. La salle était située à l'angle sud-ouest de l'édifice et Clifford Thompson, chaque fois qu'il levait les yeux par-dessus son vis-à-vis, pouvait voir par la fenêtre les contours de l'usine assez bien éclairés à l'électricité et ses cheminées qui crachaient leur panache habituel de fumée et de vapeur. Il était confortablement assis dans un fauteuil rembourré, comme ses deux acolytes d'ailleurs, alors qu'en face, les négociateurs syndicaux prenaient place sur des chaises de bois. Thompson avait tout prévu, même la fatigue des fesses. La négociation se déroulait en anglais, ce qui donnait à Thompson, dont c'était la langue maternelle, l'avantage de la glace, comme on dit.

Mais Labrecque s'avérait plus coriace qu'il ne l'avait cru. Alors que Thompson menait le jeu seul, ne laissant la parole à ses aides que très rarement, Labrecque, pour se reposer, s'en remettait souvent à ses collègues et faisait le vide. Il n'écoutait même pas, ce qui lui permettait de ne pas se laisser influencer par un argument et, surtout, de se reposer. D'ailleurs pourquoi écouter? Thompson n'était-il pas en train de dire pour la trentième fois:

«C'est une question de principe. La compagnie a pas avantage à faire travailler personne le dimanche. Avec le temps et demi, ça coûte plus cher. Mais y'a des fois où c'est nécessaire quand les chemins risquent de fondre au printemps pis qu'y a encore ben du bois à sortir. Notre clause servirait peut-être juste deux ou trois fois par année… peut-être même pas pantoute certaines années. Mais y a des fois où, pour la compagnie, ça peut faire la différence entre la rentabilité pis le déficit. »

Labrecque riposta sans attendre:

« Nous autres aussi, c'est une question de principe. En fait, y'en a deux principes d'impliqués. Le premier, c'est que le travail le dimanche, ça devrait rester volontaire. Les gars ont jamais refusé de travailler du temps supplémentaire quand y fallait. Mais y veulent pas être obligés. Le deuxième principe, c'est qu'on a toujours suivi les contrats déjà signés par d'autres compagnies. L'Abitibi a réglé pis cette clause-là est pas dans le contrat. C'est simple, a sera pas dans notre contrat à nous autres non plus! »

Ce à quoi le négociateur faisait ici allusion, c'est une tradition que le syndicat avait réussi à imposer au fil des années et qu'on appelait le « pattern bargaining ». Le syndicat choisissait une compagnie cible, souvent la plus prospère, y mettait le paquet pour en obtenir le meilleur contrat possible, puis utilisait ce modèle dans les négociations avec toutes les autres compagnies, le citant à qui mieux mieux comme un précédent, pour ainsi dire un acquis. Mais les compagnies voyaient dans ce processus de l'établissement d'un contrat type un carcan dont elles auraient bien voulu se débarrasser.

Labrecque jeta un regard de côté à sa droite. Jos Matte comprit et prit immédiatement la relève pour ne pas laisser à Thompson la chance de répliquer.

« Vous dites que ça servira pas souvent, pis j'veux pas juger de vos bonnes ou mauvaises intentions. Mais on sait jamais ce que l'avenir peut apporter. Si jamais les bûcherons commençaient à être rares, si jamais on avait un hiver trop doux, la tentation pourrait être forte de faire travailler sept jours par semaine si le contrat vous en donne le droit. On a déjà vu ça: la compagnie se traîne les pieds pour faire commencer l'ouvrage en automne, pis au printemps, tout d'un coup, ça presse, faudrait travailler 24 heures par jour. C'est à la compagnie de s'arranger pour pas être prise de court par le dégel. C'est pas aux hommes à se faire mourir pour réparer les erreurs de la direction.

– Facile à dire. C'est quand même pas la compagnie qui dicte la température.

– C'est ben la seule chose!»

Labrecque en voulut à son collègue d'avoir émis cette boutade spontanée et le lui signifia d'un regard. Pour lui, c'était une question d'éthique que de rester poli. Mais il devait reconnaître que Matte n'avait pas tort. À Kapuskasing, la Spruce comme on l'appelait familièrement, ou avec une pointe de méchanceté «la Spruce folle», avait toujours fait et faisait encore la pluie et le beau temps. On lui devait presque tous les édifices publics comme le complexe sportif et l'hôpital. Elle avait même fait aménager un terrain de golf dont elle réglementait l'accès. On racontait qu'un certain Leblanc, qui s'était vu refuser une carte de membre, avait réussi à l'obtenir en se présentant sous le nom de White. La compagnie méritait bien le surnom d'«Uncle Spruce» que les anglophones, principaux bénéficiaires de son paternalisme, lui avaient donné. Elle avait aussi fait construire la plupart des maisons même si, à cette époque, elle les avait presque toutes revendues aux employés. En d'autres mots, la ville lui devait la vie et la compagnie s'attendait en retour à une reconnaissance éternelle. D'où ce mélange contradictoire de sentiments de reconnaissance et de ressentiment des habitants pour la compagnie: reconnaissance pour ses bienfaits évidents envers la communauté, mais ressentiment pour son emprise que certains voyaient comme un asservissement. Ne disait-on pas que les candidats à la mairie devaient être «approuvés» par la compagnie pour pouvoir se présenter? De plus, chaque nouvel employé devait obligatoirement suivre une séance d'endoctrinement où le plus clair du temps était consacré à vanter les mérites de la compagnie et ses bienfaits envers la communauté.

Cette emprise d'une compagnie sur une ville n'était d'ailleurs pas propre à Kapuskasing: l'Abitibi faisait la même chose à Iroquois Falls et Smooth Rock Falls. Certains nationalistes y voyaient strictement un asservissement à des intérêts étrangers – américains dans le cas de Kapuskasing – ou une forme de racisme dont découlait la domination d'employés francophones par des patrons anglophones. Mais n'avait-on pas aussi l'exemple de Dubreuilville, village possédé, contrôlé et dominé autant qu'il est possible par les frères Dubreuil, pourtant bons Canadiens français? À la base, il est certainement plus juste d'y voir le pouvoir malsain des possédants sur les prolétaires, leur race ou origine n'étant qu'accidentelles. Tout au plus peut-on déplorer que les accidents arrivent toujours aux mêmes.

Labrecque ne voulait pas entrouvrir cette boîte de Pandore. D'ailleurs il ne négociait pas aujourd'hui pour les employés du moulin mais pour les travailleurs en forêt, dont la plupart, n'étant pas résidents de Kapuskasing, n'avaient pas bénéficié des largesses de la compagnie ni ressenti très fort sa poigne. Beaucoup de bûcherons, de conducteurs de machinerie lourde ou de camionneurs étaient semi-nomades et parcouraient le nord de l'Ontario et du Québec au gré des salaires et des conditions de travail, s'arrêtant rarement plus d'une saison au même endroit. Ceux-là se contentaient des camps en forêt comme résidence. Même les autres, les sédentaires, habitaient de préférence la périphérie, Val Albert et Brunetville, qui n'était pas encore incorporée, où les services d'eau, d'égout et de cueillette des ordures étaient inexistants, mais où les propriétés étaient moins chères et moins taxées. Et encore, plus de la moitié n'habitaient pas la région immédiate de Kapuskasing mais les villages disséminés sur la route 11 : Fauquier, Moonbeam, Val Rita, Harty, Opasatika ou même Mattice, Hallébourg et Hearst, 60 milles plus loin. Tous ceux-là, le paternalisme de la compagnie les laissait tout à fait indifférents. Ils ne se souciaient que du salaire et des conditions de travail, et c'est exactement cela que Labrecque entendait négocier.

Autant Thompson essayait de diviser, d'abolir les précédents, autant Labrecque, partant du vieux principe que l'union fait la force, essayait de réunir, d'uniformiser, de ne jamais lâcher un acquis. C'est pourquoi il enchaîna :

« Ce qui a été négocié par l'Abitibi à Iroquois Falls est valable pour la Kimberly-Clark à Kapuskasing pis à Longlac. Y'a pas dix sortes de bûcherons. Y'a rien qu'une sorte d'homme, pis tout le monde a droit à un salaire juste pis à des conditions de travail raisonnables, donc pareilles. »

Thompson se redressa. Son vis-à-vis venait de toucher l'autre point sensible de la négociation : le syndicat voulait à tout prix que l'entente éventuelle s'applique intégralement aux bûcherons de Longlac, qu'il représentait aussi par le biais du local 2693. La compagnie s'y opposait farouchement. Aussi est-ce à dessein que Labrecque avait utilisé l'appellation Kimberly-Clark plutôt que Spruce Falls pour parler de la compagnie. La seconde était une filiale de la première, mais le négociateur montrait par là que, pour lui, c'était du pareil au même et, puisqu'il s'agissait de la même compagnie et du même syndicat, qu'on pouvait tout régler d'un coup. D'habitude, on attendait une entente à Kapuskasing et on la copiait intégralement à Longlac, mais dans deux contrats séparés. En soulevant la question plus tôt, Labrecque montrait qu'il avait le pouvoir d'étendre le conflit ailleurs si la compagnie se montrait intransigeante. C'était une tactique un peu risquée dans le sens que, sur ce sujet, il ne pouvait invoquer la tradition et que, devant un refus catégorique, il pourrait se retrouver dans une impasse : il serait difficile de retirer, sans perdre la face, l'exigence qu'il venait de mettre sur la table.

Thompson s'était calé à nouveau dans son fauteuil. D'une main lente, il commença à rapailler ses papiers et à les mettre en pile. Quand il prit la parole, sa voix était étrangement lente et calme.

« C'est pas nécessaire de continuer à parler. J'ai pas l'autorité de mes patrons pour négocier pour Longlac. Tout ce que je sais, c'est que la situation est différente là-bas, que le moulin au sulfate est moins rentable que le nôtre. Ça fait que la Kimberly doit négocier quelque chose de... »

Il chercha le mot approprié.

« ...quelque chose de différent. Je suggère qu'on arrête de discuter vu qu'on est en train de s'enliser sur une question qu'il est absolument impossible de régler ici. »

Labrecque aurait voulu répliquer, dire que les employés n'étaient en rien responsables de la désuétude de l'usine ou des exigences du marché, qu'ils avaient droit à leur salaire, que c'était à la compagnie de changer son procédé de fabrication du papier ou son produit s'ils ne donnaient pas satisfaction… Il n'en eut pas le temps et comprit qu'il avait perdu son pari. Éberlué devant la tournure des événements, il regarda Thompson se lever et faire signe à ses acolytes d'en faire autant. Résigné, il haussa les épaules.

«Bon, si vous voulez. On reprend ça demain. À quelle heure?»

Thompson à son tour haussa les épaules.

«J'en vois pas la nécessité. Je suggère qu'on se revoie quand vous serez prêts à accepter ce que nous proposons. En attendant, j'vas faire un rapport au ministère du Travail pour demander un conciliateur.»

Devant tant d'inflexibilité, Labrecque joua sa dernière carte.

«Vous savez qu'une semaine après l'interruption des négociations, nous sommes en position légale de faire la grève?»

Thompson se contenta de répondre d'une voix dégoûtée.

«Oui, je sais tout ça et bien d'autres choses encore.»
Puis il sortit.

Trois jours plus tard, après que la nouvelle de la fin des négociations se fut ébruitée, mais quatre jours avant le délai exigé par la loi, spontanément, les bûcherons débrayaient, au grand désespoir de Labrecque, qui aimait faire les choses dans l'ordre et dans la légalité.

Chapitre VII

Pendant la première semaine de grève, rien ne parut changé au chantier coopératif. Le temps se maintenait au beau fixe et le froid restait vif. En fait, les conditions étaient excellentes pour l'exploitation forestière, comme elles le sont généralement en janvier. Il y avait environ deux pieds de neige au sol, assez pour aplanir les chemins mais pas assez pour vraiment nuire à l'abattage. On en profitait au maximum et, chaque jour, une douzaine de wagons étaient chargés, qu'une locomotive du Canadien National venait enlever à intervalle régulier pour les remplacer par des wagons vides. Pourtant, des problèmes d'un autre type se profilaient à l'horizon.

Le mardi 22 janvier, une voiture arriva au camp à l'heure du souper. Quatre hommes en descendirent et suscitèrent une vive curiosité en pénétrant dans la « cookerie ». Toutes les conversations s'étaient arrêtées. Pierre reconnut parmi les quatre visiteurs un certain Plamondon, bûcheron à la Spruce Falls. Ils demandèrent à voir le gérant ou le responsable du camp, ne sachant trop quel titre lui donner. Roland Ladouceur s'avança et ils lui remirent une lettre de la part du président du local 2995 du Syndicat des bûcherons et employés de scieries. Puis ils sortirent sans adresser la parole à qui que ce soit, manifestement mal à l'aise et surtout contents de s'en aller.

Ladouceur décacheta l'enveloppe et lut d'abord pour lui-même pendant que tous attendaient, en oubliant même de manger. Il s'éclaircit la gorge et n'eut pas besoin de demander le silence, qui s'était établi d'emblée. Il commença :

« C'est signé par Yves Labrecque, le président de l'union, pis c'est écrit en anglais. »

Quelques protestations s'élevèrent dans le genre :

« Laisse faire les détails pis dis-nous ce qui est écrit ! »

Mais pour plusieurs, le détail avait son importance.

« À force de travailler pour des blokes, y sont rendus blokes eux autres aussi ! » s'indigna le père Lambert.

On le fit taire pour que Ladouceur puisse lire.

« ...in the interest of all workers in the industry, we firmly urge you to stop hauling pulpwood from the bush and loading it on wagons until this labour conflict is resolved. We have no objections to the continuation of felling, delimbering and stacking operations... »

Il leva les yeux et résuma en français :

« En gros, y veulent qu'on arrête le charroyage. Pour le bûchage, y'a pas de problème, c'est ben indiqué. Ça ressemble plus à un ordre qu'à une demande. »

Les protestations fusaient.

« Y'auraient pu le demander poliment au moins !

— Ç'a pas d'allure. Bûcher du bois pis le laisser dans le bois, ça donne rien, ça !

— C'est le seul temps de l'année où ce qu'on peut le rendre à track. C'est aussi ben de toute arrêter ça là si on peut pas charrier.

— Y disent-tu ce qu'y vont faire si on arrête pas ? »

Le silence se fit. La question était d'autant plus pertinente que tous avaient bien l'intention de continuer à travailler.

« C'est pas clair, clair. Mais oui, y disent quelque chose là-dessus. »

Ladouceur ajusta ses lunettes sur son nez et reprit la lettre. D'un geste machinal, il déboutonna le col de sa chemise à carreaux et abaissa ses bretelles. Il avait chaud et ce n'était pas uniquement à cause de ses culottes d'étoffe et de ses combinaisons de laine. Il cita avec un accent français gros comme le bras :

« …No more pulpwood must get to the mill. Otherwise, we will have to take appropriate measures. »

Pierre, peut-être parce qu'il comprenait mieux l'anglais que la plupart, ne put résister :

« Tabarnak ! Pour moi, c'est assez clair. Si on arrête pas de notre bon gré, y vont nous arrêter de force. »

Jean-François, qui n'avait rien compris à la lecture du texte anglais, demanda qu'on le traduise. On continuait à regimber, les plus jeunes surtout.

« Je voudrais ben les voir essayer de m'arrêter.

– Ç'a pas d'allure. On perdrait notre hiver pour leu' maudite grève. En plus de ce qu'on a dépensé jusqu'icitte. »

Ladouceur essayait de les calmer.

« Faut pas exagérer quand même. On a déjà à peu près 2 000 cordes de rendues au moulin. On a même déjà reçu un chèque pour les 68 chars qu'on avait envoyés au 10 janvier. Un peu plus que 35 000 piasses. Ça paierait quand même les dépenses.

– C'est quoi notre contrat avec la Spruce ? Combien de cordes ?

– 12 000 cordes pour l'hiver. On est payés au char, à mesure que le bois arrive au moulin. »

Le jeune Mitron, gringalet trop faible pour bûcher qu'on embauchait comme «choboy» et qui aimait cacher sa faiblesse derrière la force du groupe, proposa pour faire le faraud :

«On continue! On est capable de se défendre, à' gang, non ? »

Ladouceur répliqua avec un peu de mépris.

«Les grévistes sont 1 150 à ce qu'y paraît. On est pas tout à fait 100. Pis toué, tu veux partir en guerre contre eux autres ? »

Le jeune, rabroué, rentra la tête dans les épaules. On était dans une impasse. Les interventions se faisaient moins nombreuses, comme si tout le monde réfléchissait mais que personne n'arrivait à une conclusion digne de mention. Derrière les tables, les «cookies» commençaient à s'agiter. Le souper s'éternisait et elles auraient bien voulu commencer à desservir les tables pour laver la vaisselle.

Jean-François Bernard leva la main pour demander la parole, ce que personne jusque-là n'avait fait et qui donna à ce qu'il allait dire un sérieux que les autres interventions n'avaient pas. On l'écouta attentivement.

«Y'a une phrase dans leur lettre qui me donne une idée. Y disent qu'y a pus une pitoune qui doit se rendre au moulin. Pis nous autres, on veut sortir le bois avant que ça dégèle. Qu'est-ce que ça ferait si on sortait le bois des strips pis qu'on le charriait jusqu'à' track ? On le pile là, on le met pas sur les chars. Les grévistes ont rien à dire, le bois se rend pas au moulin. Aussitôt que la grève est finie, on charge not' bois, y s'en va au moulin pis on est payés. On a pas perdu notre hiver, pis tout le monde est content.

«Même si chacun reçoit son salaire un mois ou deux en retard, je pense pas que ça empêche personne de manger. Du moment qu'on a notre argent à temps pour faire les semences au printemps… Si y'en a qui sont trop serrés pour attendre, on pourrait garder en réserve le prochain chèque de la Spruce comme fonds de dépannage.»

L'intérêt pour la proposition était palpable. Ladouceur remit ses bretelles. Même les objections qu'on souleva par la suite eurent plutôt l'air de détails à régler que d'empêchements à sa mise en œuvre. Tout sembla tomber en place comme les pièces d'un casse-tête qu'on achève.

«Oui, mais not' contrat avec la Spruce? Le bois est supposé être rendu au moulin.»

Ladouceur était presque joyeux.

«Cassez-vous pas la tête pour la Spruce. Y doivent ben comprendre dans quelle situation on est. Peut-être même qu'y accepteraient de nous faire une avance pour le bois stockpilé. Y'ont intérêt à ce qu'on arrête pas de bûcher.

– Oui, mais ça va prendre de la place en maudit, ça, piler 9 ou 10 000 cordes de bois.

– Le père Champagne nous louerait ben sa terre juste à côté d'la siding pour l'hiver. Pour 100 piasses, le bonhomme pourrait aller virer une bonne brosse!»

On rit. La tension baissait.

«Pendant qu'on est à ça, pourquoi est-ce qu'on louerait pas sa cabane aussi? Y reste pus dedans l'hiver, y se prend une chambre en ville. Pis, si y faut, on pourrait s'en servir pour surveiller nos affaires de plus proche pis à' chaleur.

– O.K. Deux brosses pour le père Champagne.»

On rit encore plus fort. Mais il restait encore des objections.

«Ça empêche pas qu'on va être obligés de décharger le bois par terre pis de le reprendre de là pour le mettre su' les chars. Un autre taponnage de plus. Comme si on le manœuvrait pas déjà assez, c'te maudit bois-là.

— On pourra louer une pelle à câbles de Pat Boutin. Ça charge vite en maudit, ces agrès-là!»

À demi convaincu, Pierre maugréa.

«Ouais! La ristourne sera pas forte au printemps!»

Jean-François acheva de le persuader.

«C'est peut-être mieux de perdre la ristourne que de perdre l'hiver complet.

— Mais en attendant que tout ça soye arrangé, on fait quoi?»

Ladouceur avait retrouvé toute son autorité.

«On travaille la broue dans le toupet, comme d'habitude. Même si y se rendait un char ou deux de plus au moulin, les grévistes, y'en mourront pas. Pis j'vas leur envoyer une lettre pour leu' dire qu'on enverra pus de bois à Kapuskasing à partir de… quand on pourra faire des arrangements.»

Jean-François avait gardé une petite dent contre le président du syndicat pour sa lettre en anglais.

«J'espère au moins, monsieur Ladouceur, que vous allez leur répondre en français.

— Compte su' moué, mon gars, compte su' moué.»

Tout heureux du résultat de la réunion et reconnaissant envers Jean-François pour le rôle crucial qu'il avait joué, jamais il ne lui aurait avoué que, pour lui, la langue de la lettre était très, très secondaire. Mais il eut le temps d'y réfléchir par la suite et de se dire qu'il ne fallait surtout pas avoir l'air de critiquer pour des broutilles. Quand la lettre fut livrée au bureau du syndicat le lendemain vers

10 h 30, elle était écrite à la main, dans l'anglais boiteux de Roland Ladouceur.

> «…I have receive your word and I write to you to tell you that we understand your position and promise that as soon as we can make other arrangements, no more wood will be put on the cars, but, as it has to be remove from the wood before the defrost, it will be pile beside the track.
> Yours truly,
> Roland Ladouceur, président
> Chantier coopératif de Val Rita.»

Leur optimisme à tous aurait sans doute été considérablement tempéré s'ils avaient suivi leurs quatre visiteurs après leur départ du camp. En passant près de la voie d'évitement par où il fallait inévitablement passer pour rejoindre la route 11, le leader du groupe, Jim O'Donnell, avait demandé au conducteur de s'arrêter près des wagons chargés qui attendaient sagement au clair de lune la locomotive qui les tirerait vers Kapuskasing.

«Me semble que la lettre d'Yves serait plus claire si on faisait une petite démonstration pour aller avec.»

Henri Lemay, choisi par Jim pour ses gros bras et son manque total de discernement, demanda innocemment:

«Qu'est-c'est que vous avez dans l'idée, boss?»

❖

Le lendemain matin, soit le mercredi 23 janvier, Pierre et Jean-François arrivaient au chemin principal avec le premier de leurs quatre chargements quotidiens quand ils virent venir à eux le contremaître. Il faisait encore beau mais moins froid. On n'avait pas eu de problèmes avec le tracteur. Aujourd'hui, Pierre en était convaincu, on dépasserait l'objectif. Il pensait à Madeleine qui l'attendrait bientôt dans une bonne maison chaude avec un bon souper. Et, après souper… Mais il dut vite déchanter.

« Le truck viendra pas à matin. Ladouceur vous fait dire de laisser toute ça là, pis d'aller aider Hamel pis Tanguay à recharger un char.

— Comment ça, recharger ? Y'en a-tu un qui a déraillé ?

— Ben non, le char est encore su'a track. C'est les pitounes qui sont pus dessus. Le char a été vidé pendant la nuite. »

Pierre explosa.

« Faut-tu être enfants de chienne ! Juste comme on leur donne toute ce qu'y veulent, y viennent nous écœurer. Ça restera pas là certain, ça ! »

Comme d'habitude, Jean-François s'efforça de le calmer.

« C'est correct, boss, on va aller voir ça. Viens-t'en, Pierre. »

Ils durent remiser le tracteur et prendre la camionnette de Jean-François pour se rendre à Reesor. L'humeur de Pierre, déjà massacrante, ne fit que s'aggraver en voyant les dégâts qu'on s'affairait déjà à réparer.

« Sacrament. J'aurais jamais pensé qu'y avait autant de bois su' un char. »

Jean-François se fit encourageant.

« Ç'a l'air pire que c'est. Dans une heure ou deux, ça paraîtra pus. »

En fait, c'était pire que « ça en avait l'air ». La voie d'évitement avait été remblayée pour permettre le passage des camions, qui se trouvaient de ce fait à peu près à égalité avec les wagons pour le transbordement. Mais au-delà de cet espace d'une vingtaine de pieds se trouvait un fossé où l'on avait poussé la neige pour déblayer le chemin. Les maraudeurs avaient pris soin de lancer les bûches assez loin pour qu'elles y tombent. Le fossé était profond et les « pitounes » y étaient enfoncées dans la neige molle. À chaque bûche que Pierre parvenait à arracher à la neige ou à hisser sur le wagon, sa rage augmentait, à tel point que, bientôt, son compagnon de travail renonça à le calmer par des paroles qui semblaient avoir l'effet inverse.

Ce n'est qu'au milieu de l'après-midi qu'on parvint à terminer la besogne. Les deux jeunes gens étaient harassés et décidèrent de rentrer au camp pour attendre le souper en se reposant. Pierre fulminait toujours.

« Une journée complète su' l'yabe. Pas de ristourne au printemps. Moué qui travaille comme un défoncé pour marier sa fille pis la faire vivre comme une princesse ! »

Il n'était pas loin de rendre Hermas Latulipe personnellement responsable de ses déboires. De là à en vouloir à Madeleine elle-même, il n'y avait qu'un pas, qu'il faisait tous les efforts possibles pour ne pas franchir.

⁂

Quand ils arrivèrent au camp, peu habitués à ce désœuvrement en plein jour, le problème se posa d'occuper leur temps en attendant le retour des autres. Jean-François s'étendit sur son « bunk » pour faire un somme et Pierre entreprit de faire un peu de lavage. Il remplit une cuve de neige qu'il installa sur la fournaise. Il dut d'abord la remplir de bois : le « choboy » avait l'habitude de laisser baisser les feux le jour, quitte à les raviver avant le retour des travailleurs. Tout en lavant ses bas, ses mitaines et ses sous-vêtements, il pensa qu'il serait agréable de prendre une douche comme dans les camps de la Spruce Falls où l'on avait l'eau courante et l'électricité fournie par une génératrice. Ici, les travailleurs n'avaient rien de tout ça, et Pierre devait se contenter d'en rêver. Il étendit le linge sur l'une des deux cordes qui traversaient le camp-dortoir sur toute sa longueur entre les deux rangées de lits. Il songea à jouer une partie de «crib» mais s'aperçut que Jean-François dormait. Alors il décida de se rendre à la «cookerie» voir s'il ne pourrait pas glaner quelques biscuits en attendant le souper.

En entrant dans le bâtiment, où il ne s'attendait à trouver que le cuisinier et ses aides, il fut surpris de voir une douzaine d'hommes attablés dans un coin.

«Y sont en réunion», pensa-t-il.

Il fit attention de ne pas faire de bruit et se rendit à l'arrière où on s'affairait déjà à préparer le souper. Il pensait repartir avec ses biscuits, mais Marielle lui offrit un café en disant :

«Je viens d'en faire du frais pour la réunion.»

Il allait s'installer à la cuisine mais Gustave Néron, le «cook», qui passait pour un excellent cuisinier mais aussi pour un vieux «marabout», lui enjoignit d'un ton bourru de se trouver une place plus loin : il n'aimait pas que les hommes viennent jouer dans ses plates-bandes. Pierre s'assit donc à une table à l'écart de la réunion dont, malgré lui, il entendait tout. La curiosité le gagnait, bien sûr, mais il avait aussi l'impression très nette de ne pas se mêler de ses affaires.

Un seul des hommes réunis était du chantier coopératif de Val Rita ; c'était Roland Ladouceur. Mais Pierre connaissait la plupart des autres au moins de vue, assez en tout cas pour déduire que la réunion regroupait les indépendants, entrepreneurs ou coopérants, qui fournissaient à la Spruce Falls plus du tiers de sa matière première, soit près de 120 000 cordes de bois sur les 450 000 requises pour faire tourner la papetière pendant une année.

Il songea :

« …Y'ont dû recevoir la même lettre que nous autres. »

Parmi les entrepreneurs, il se trouvait un des frères Magnusson de Mattice, des Suédois d'origine si bien francisés qu'on ne les distinguait plus des autres. Il y avait aussi Joseph-Étienne Gagné de Harty, un petit homme à la voix et au geste lents qui passait pour un bon patron et qui se plaisait à répéter :

« Si on veut qu'un homme travaille ben, y faut qu'y soye ben nourri, ben logé, pis ben payé. »

Il avait aussi la réputation d'être un « patenteux » qui passait plus de temps à souder dans son garage qu'à travailler dans le bois. Mais il en ressortait souvent avec des inventions qui faisaient l'admiration des travailleurs : un tracteur équipé d'un mât et d'un treuil à câble d'acier ou un camion auquel il avait soudé une jante supplémentaire à une roue arrière, sur laquelle s'enroulait un câble. Il s'intéressait en particulier aux inventions destinées au chargement des « bobsleighs », des camions ou des wagons, tâche fastidieuse entre toutes qu'il percevait intuitivement comme la plus facile à mécaniser. Souvent, il passait des mois à fabriquer un appareil par la méthode de l'essai et l'erreur, pour le retrouver sur le marché, tout fait et à moindre coût.

Devant lui se trouvait Laurent Hurtubise, qui avait la réputation inverse. C'était un vieux « gratteux » qui rognait sur tout. Ses camps étaient toujours mal aménagés et les hommes mal payés. C'est à lui que les grévistes faisaient référence quand ils voulaient démontrer que les entrepreneurs indépendants exploitaient les travailleurs bien plus que ne le faisait la Spruce Falls. Il avait la réputation de tricher sur la mesure du bois, à son avantage bien entendu, et de vendre aux travailleurs les articles indispensables le double du prix. Aussi n'attirait-il à son chantier que les travailleurs dont personne ne voulait, les ivrognes et les fainéants. Pierre aurait considéré comme une déchéance d'aller travailler pour lui. Pourtant, il était nécessaire à l'industrie du bois, parce qu'il était le seul à fournir de l'emploi à cette catégorie de bûcherons qui donnaient si mauvaise réputation au métier, les «robineux» ainsi nommés parce que, quand l'alcool et l'argent venaient à manquer, ils ne répugnaient pas à boire même de l'alcool à friction, du «rubbing alcohol». À la moindre relâche du travail, ils débarquaient en ville et «viraient une brosse» qui durait aussi longtemps que leur paye, parfois des semaines. Même s'il les faisait travailler à rabais et les volait copieusement, plusieurs d'entre eux considéraient Hurtubise comme leur providence parce qu'il les reprenait toujours et leur avançait ce qu'il fallait pour dégriser et se remettre au travail, pour acheter les outils ou les vêtements qu'ils avaient vendus ou engagés dans les «pawn shops», pour pouvoir boire plus longtemps.

Il y avait encore quelques entrepreneurs de Moonbeam et de Fauquier que Pierre n'aurait pu nommer et le représentant du chantier coopératif de Coppell. Mais celui qui attirait le plus l'attention, qui semblait mener le bal, c'était un grand type au visage mince et aux joues creuses, d'allure ascétique. Il n'était pas vêtu comme les autres de la chemise à carreaux et des culottes d'étoffe retenues par des bretelles mais portait plutôt le veston et la cravate; et Pierre sourit en voyant, accrochés au mur, un paletot et un chapeau mou qui ne pouvaient appartenir qu'à lui. Comme tous les cultivateurs, Pierre le connaissait pour avoir assisté aux réunions qu'il tenait dans les maisons de ferme au nom de l'Union des cultivateurs catholiques (U.C.C.), dont il était le représentant.

Depuis quelques décennies, le clergé, qui avait suivi ou accompagné les colons québécois en terre ontarienne, y avait importé les traditions, croyances et institutions du Québec rural. Le nouveau territoire, d'abord terre missionnaire puis vicariat apostolique et finalement diocèse avec siège épiscopal à Hearst, avait été doté de paroisses et d'écoles catholiques. On avait fondé des hôpitaux, un orphelinat et des couvents sous la gouverne des communautés religieuses et, en bout de ligne, de l'évêché. L'évêque actuel, Mgr Louis Lévesque, au nom prédestiné, un savant exégète mal choisi semblait-il pour cette contrée sauvage, avait fait taire ses détracteurs en y accomplissant une œuvre admirable de consolidation et d'éducation. Originaire de Rimouski, il avait fait venir du Québec de nombreux prêtres, des sœurs et même des laïcs, dont ce Paul-Eugène Bouillon que Pierre venait de reconnaître dans la «cookerie». De plus, au milieu des années 50, il avait encouragé une vague migratoire en provenance du Lac-Saint-Jean, dont avait fait partie Jean-François Bernard, le compagnon de travail de Pierre.

Mgr Louis Lévesque voyait grand et loin. Plusieurs avaient eu peur de sa mégalomanie quand il avait fondé le Séminaire de Hearst en 1953. On eut surtout peur de la cueillette de fonds qu'il entreprit pour agrandir et moderniser ce qui devint bientôt le Collège de Hearst dont la chapelle, avec autel en marbre d'Italie et mosaïque immense, constituait une véritable œuvre d'art qu'on venait de loin pour admirer, car il n'y avait rien de comparable dans tout le Nord de l'Ontario.

Paul-Eugène Bouillon était arrivé dans la région en 1960 en réponse à l'invitation de Mgr Lévesque. Il y connaissait quelques prêtres avec lesquels il avait fait son cours classique à Rimouski. Après ses études, il avait milité au sein de quelques mouvements chrétiens, dont les Jeunesses ouvrières catholiques (J.O.C.) et les Jeunesses agricoles catholiques (J.A.C.), pour finalement aboutir à l'U.C.C. À l'aube de la Révolution tranquille, comme ces mouvements coopératifs et sociaux à base religieuse s'étaient en quelque sorte fondus dans un même grand courant nationaliste indépendant du clergé, il avait cherché une autre terre plus propice à son zèle et avait répondu à l'appel de l'évêque de Hearst. Homme austère et intransigeant, il s'était quand même entretemps marié et c'est avec une famille comprenant quatre enfants qu'il était arrivé à Hearst.

Il s'était mis au travail sans tarder. On lui devait la fondation de quelques caisses populaires, d'une coopérative laitière et de deux chantiers coopératifs, dont celui de Val Rita. Dans ce cercle de cultivateurs, il était pratiquement le seul à avoir de l'instruction à part les curés, bien entendu. Aussi faisait-il souvent figure d'oracle et était-il peu souvent contredit. Il affermissait d'ailleurs son autorité en l'appuyant sur celle de l'Église : toutes les réunions commençaient et se terminaient par la prière et son discours était émaillé de références au pape, aux encycliques ou à la Bible. C'était aussi un travailleur infatigable qui acceptait de tenir la comptabilité de plusieurs organismes, sociétés ou coopératives. La connaissance des chiffres lui conférait une grande autorité. Il faut rajouter qu'il haïssait le syndicalisme, auquel il reprochait de s'être éloigné de l'Église et d'être responsable du bouleversement qui l'avait contraint à l'exil.

C'est cet homme que Pierre entendait, malgré lui, dire sur un ton de conviction profonde :

« Il ne faut pas se laisser intimider. Le syndicat peut absolument rien faire contre nous autres. La justice et le droit sont de notre côté. »

Bouillon se tourna vers Ladouceur et répliqua, du ton de l'instituteur devant l'élève pris en faute :

« Vous avez déjà montré trop de faiblesse en envoyant votre lettre. Ce qu'il faut, c'est continuer le travail sans tenir compte de leur grève et de leurs menaces. Tout ce qu'on fait est légal et nécessaire. C'est le syndicat qui est dans l'illégalité. »

Ladouceur baissa la tête et Pierre, qui connaissait son franc-parler et son indépendance d'esprit, fut étonné de sa soumission. L'ascendant de Paul-Eugène Bouillon sur ces hommes rudes le fascinait et lui faisait un peu peur en même temps. Pourtant, il fut tout de suite à même de constater que les entrepreneurs indépendants ne subissaient pas tous son influence au même degré. Joseph-Étienne Gagné, de sa voix lente et posée, répliqua :

« C'est ben beau avoir le droit de son côté. N'empêche que j'ai pas envie d'avoir la guerre dans mon chantier, même si j'ai le droit de continuer à travailler. J'ai bonne envie de toute arrêter drette là ! Pour commencer, les grévistes ont pas tort. Ces compagnies-là, ç'a pas beaucoup de cœur quand vient le temps de faire travailler le monde semaine et dimanche. Pis, pour les jobbeurs, y s'arrangent entre eux autres, avec l'Abitibi par exemple, pour fixer le prix le plus bas possible… »

Bouillon intervint sèchement.

«C'est pas la compagnie qui veut nous empêcher de gagner notre vie, c'est le syndicat. À l'heure actuelle, c'est lui notre ennemi!»

Gagné, imperturbable, poursuivit sur le même ton, comme si la colère n'avait pas de prise sur lui.

«Chus loin d'être convaincu de ça. Des fois, ça prend des coups d'éclat comme c'te grève-là pour faire grouiller les grosses compagnies. Pis après, ça profite à tout le monde.

«Une autre question. On a-tu intérêt à ce que la grève dure longtemps? Pas moi en tout cas. J'aime ben mieux faire mon affaire en paix. Si on continue à travailler pis à faire le jeu d'la compagnie, ça peut s'éterniser. D'un autre côté, si on arrête, la grève a des chances de se régler plus vite. Ben sûr, on va perdre du temps pis peut-être de l'argent. Mais si ça se règle vite, on va se reprendre après, surtout si ça aide à faire monter les prix.»

Pierre avait fini de boire son café. Il rapporta sa tasse à la cuisine et sortit pendant que Bouillon s'était lancé dans une longue diatribe dont il perdit l'essentiel, mais où il avait retenu les mots «communistes» et «hors-la-loi».

Il venait de rentrer au camp-dortoir et réfléchissait encore à la réunion à laquelle il avait assisté sans l'avoir voulu quand Ladouceur entra. Pierre ne put résister à sa curiosité.

«Vous avez fini vot' réunion. Avez-vous pris une décision?»

Le gérant haussa les épaules:

«Pas vraiment. Chacun va faire à sa tête d'après ce que je peux voir. Gagné va s'arrêter de travailler complètement. Les Magnusson pis Meloche continuent à bûcher mais arrêtent de charrier. Hurtubise veut continuer toute son opération comme si y se passait rien.

— Pis nous autres?

— On fait comme on a dit hier, même si Bouillon pousse pour qu'on continue à mettre le bois su' les chars. On va juste prendre quelques précautions de plus. Justement, si t'as rien d'autre à faire, viendrais-tu me donner un coup de main? Ça sera pas long, rien que planter deux poteaux. On va être revenus à temps pour souper. »

Pierre s'habilla et le suivit. Il vit que la camionnette de Ladouceur contenait deux billes d'une dizaine de pieds de longueur, un pic et une pelle. Ils partirent vers Reesor. Il brûlait d'envie de poser des questions mais n'osait pas. Ce fut le gérant qui lui en fournit l'occasion.

« La réunion… j'aimerais mieux que tu parles pas de ce que t'as entendu.

— Si vous voulez. Reste que je sais pas trop quoi penser de tout ça. D'un côté, ce que l'union nous a fait, c'est pas correct. Mais Gagné a peut-être raison: les travaillants auraient peut-être avantage à se tenir ensemble.

— Gagné a raison si y veut rester un petit contracteur comme y'est aujourd'hui. Mais y'aurait peut-être ben plus à gagner si la grève se réglait jamais.

— Comment ça, si la grève se réglait jamais?

— Ouais. Si l'union fait trop damner la compagnie, une bonne journée, la compagnie pourrait se débarrasser d'elle.

— Comment qu'a ferait ça?

— C'est simple. En donnant tout son bois à bûcher à contrat: 450 000 cordes par année. Gagné pourrait être un gros contracteur, pis nous autres aussi.

— Nous autres? On est juste des cultivateurs.

– On le sera peut-être pus ben longtemps. Ça paye pas, la terre, mon Pierre. L'avenir est dans le bois. Y'a déjà plus que la moitié des cultivateurs qui ont lâché. Ça rempire tout le temps. Qu'est-c'est qu'on va faire quand ça sera plus possible de cultiver? On va avoir le choix. Travailler à gages pour la Spruce ou contracter. Entre les deux, j'aime autant mieux être mon propre boss.

– Vous êtes pas sérieux? Vous y pensez pour vrai?

– Tout ce qu'y a de plus sérieux. C'te grève-là, ça pourrait bien être ma chance, si l'union se faisait casser les reins. »

Pierre n'en revenait pas. Il lui semblait tout à coup que tout le monde essayait de profiter de la situation.

Ils étaient entretemps parvenus à la jonction de la route 11 et ils essayaient de planter les poteaux, un de chaque côté de l'entrée, entre la route et la voie ferrée. La terre était gelée et les deux hommes ne parvinrent qu'à faire des trous peu profonds. Pierre fit remarquer:

« Ça tiendra pas ben fort, ces poteaux-là. C'est juste la neige qui les empêche de tomber. »

Ladouceur répondit:

« C'est peut-être pas ben important. Y sont plus symboliques que d'autre chose. Du moment qu'y a une barrière, ça dit qu'y faut pas traverser. J'ai pas emmené de chaîne. On l'installera une autre fois. Pour tout d'suite, on s'en va souper. »

Pierre branlait la tête. Il aimait le travail bien fait.

« Comme vous voudrez. N'empêche qu'y sont pas trop solides. Je compterais pas sur eux autres pour empêcher des gars décidés de passer. »

Chapitre VIII

O n était parvenu aux premiers jours de février et la grève se poursuivait. À Kapuskasing et dans les villages environnants, on avait l'impression qu'elle prenait des proportions alarmantes et que plus rien d'autre ne comptait.

Vers 10 h le matin du 4 février, Anita Bouillon se présenta au comptoir du magasin général de Val Rita en demandant :

« J'aurais besoin d'un gallon de sirop pis de 20 livres de binnes, s'y vous plaît. »

Sans bouger, madame Gratton, une grosse femme bien en chair, la dévisagea :

« C'est pour payer ou pour marquer ? Parce que si c'est pour marquer, j'peux pas tant que le bill de janvier est pas payé. »

Vivement, comme prise en faute, la petite madame Bouillon sortit son porte-monnaie de son sac.

« J'vous règle ça tout d'suite, madame Gratton. À combien que ça monte ? »

Le ton de la commerçante devint plus avenant. Elle sortit un calepin et se mit à calculer. Pendant qu'elle attendait, la femme de Paul-Eugène Bouillon prit soudain conscience du silence qui venait d'envahir la salle. Elle jeta un coup d'œil autour d'elle et fut saisie de l'animosité qu'elle lut dans le regard des femmes qui s'y trouvaient. La peur l'envahit. Elle tremblait quand elle tendit les billets à la marchande et fit mine de partir. Mais l'autre lui rappela :

« Attendez ! Vous oubliez votre change pis vos binnes… »

Pendant deux minutes qui lui semblèrent interminables, elle attendit, engluée dans l'hostilité ambiante. Dès qu'elle fut servie, elle s'enfuit, rapide malgré le poids de ses achats.

Dès que la porte se fut refermée, un flot de récriminations se répandit dans le magasin.

« Vous servez ce monde-là, pis nous autres, vous voulez pas nous faire crédit.

— Madame Gratton, ça fait 20 ans qu'on achète chez vous, pis vous avez toujours été payée. Pour une fois qu'on est un peu serrés, vous devriez comprendre. »

La marchande suait à grosses gouttes.

« J'comprends. Mais nous autres aussi faut payer les marchandises pis, pour ça, faut être payés. Quand y'a que'qu'un de mal pris, on comprend ça, on s'arrange. Mais quand c'est tout le monde en même temps, là, ça marche pus pantoute.

— En tout cas, moué, la Bouillon, j'vas y faire perdre ses airs de sainte-nitouche.

— Maudit monde ! Ça peut ben s'assir su' un banc d'en avant dans l'église ! Des hypocrites ! »

⁂

Pendant ce temps, Anita Bouillon courait dans la rue, son sac serré sur sa poitrine comme pour comprimer les sanglots qui l'étouffaient. Plutôt que de rentrer chez elle, elle se dirigea vers la maison voisine où elle savait trouver une oreille sympathique : elle était habitée par une amie d'enfance de sa mère. Elle s'engouffra dans la maison sans même frapper à la porte.

« Anita, qu'ossé qui se passe ? »

La jeune femme pleurait maintenant pour de bon et mit du temps à dire d'une voix saccadée, entrecoupée de soupirs et de sanglots :

« Ç'a pus d'allure ! Ç'a pus d'allure ! Au magasin, j'ai ben pensé que les femmes allaient m'attaquer. Pis à' maison, c'est l'enfer. Y'est pus parlabe. Y crie, y bat les enfants. J'en peux pus ! »

L'autre l'attira sur sa vaste poitrine.

« Voyons don' ! Voyons don' ! Ça va s'arranger. Viens don' prendre une tasse de thé, là, on va parler de toute ça. »

❖

La querelle se déplaçait sur d'autres fronts. On avait eu connaissance de véritables batailles à coups de poing, dans les cours d'école à Val Rita et à Opasatika. De toute évidence, l'amertume paternelle déversait son trop-plein sur les rejetons. Dans les journaux se multipliaient les articles, les lettres à l'éditeur et les annonces payées pour expliquer la position respective de chacune des parties. Les accusations pleuvaient. Un curé, malgré les directives de l'évêché, avait pris sur lui de fustiger en chaire les grévistes. Des voisins avaient arrêté de se saluer et dans la rue, les passants, autrefois joviaux, jetaient des regards furtifs à droite et à gauche aux inconnus : on ne pouvait plus savoir si on avait affaire à un ami ou à un adversaire.

Il y avait aussi, bien entendu, des pacifistes qui

s'efforçaient de calmer le jeu et suggéraient des compromis. Mais ils étaient sans doute les plus détestés et s'attiraient les foudres des deux côtés. La grève avait profondément divisé la population et créé entre les deux factions un «no man's land» où personne n'avait le droit de se tenir. L'ampleur de la polarisation et surtout la rapidité avec laquelle elle s'était opérée avaient pris tout le monde par surprise. C'était un peu comme si on voyait le mauvais côté de la nature humaine pour la première fois. Les optimistes disaient: «Ça va passer.» Les pessimistes les faisaient taire en rétorquant: «Ça va finir mal.»

Dans ces conditions, Pierre avait jugé plus prudent de ne pas chercher à revoir Madeleine. Il sentait qu'il aurait été mal accueilli chez les Latulipe et il n'avait même plus la ressource de la rencontrer aux matches de hockey du dimanche après-midi. On avait annulé ceux-ci depuis qu'un camionneur indépendant avait voulu régler son cas sur la glace, à coups de bâton, à un gréviste qu'il soupçonnait d'avoir dégonflé les pneus de son camion en arrachant les valves des chambres à air. L'affaire avait dégénéré en bataille générale où même des coéquipiers en étaient venus aux mains. Pendant un moment, les organisateurs avaient craint que le combat ne se propage aux spectateurs mais, heureusement, il y avait sur place assez de femmes pour empêcher les maris et les jeunes de faire des bêtises et on en était resté là. Mais ils avaient annulé les matches subséquents prévus au calendrier et Pierre n'avait plus l'occasion d'y rencontrer Madeleine. Il l'avait bien croisée à l'église mais comme une étrangère, sans lui parler, sans même la regarder en face. Était-ce prudence ou lâcheté? Il n'aurait pu le dire et il rejetait le blâme ailleurs.

« C'te maudite grève-là est en train de nous gaspiller la vie. »

Il commençait à voir en Madeleine un beau rêve, mais un rêve terminé, qui ne pouvait plus avoir de suite. Instinctivement, il savait que leur relation avait irrémédiablement changé.

« Même si ça se règle, ça sera pus jamais comme avant. Y va nous en rester trop su' l'cœur. »

Il aurait bien aimé se rabattre sur son travail, mais là non plus, cela n'allait pas très fort. On avait bien conclu des ententes pour empiler le bois près de la voie d'évitement sur la terre de Champagne. La compagnie s'était montrée assez accommodante. Elle avait même promis d'indemniser les colons pour la moitié de tout dommage causé par les grévistes. Le vieux Champagne, quant à lui, avait bien accueilli cette manne inespérée. Pendant quelques jours, Pierre avait donc continué de charger et décharger les « bobsleighs ». Puis les grévistes s'étaient faits plus menaçants. Ils étaient venus intimider les camionneurs. Une nuit, ils étaient venus en nombre dépiler des centaines de cordes de « pitounes », qu'il avait fallu remettre en piles au prix d'efforts harassants. Craignant pour leur équipement, peut-être même pour leur sécurité, les camionneurs avaient refusé de continuer à travailler. La direction du chantier coopératif avait décidé de suspendre le charroyage et avait demandé aux « bobbeurs », dont Pierre et Jean-François, de retourner bûcher. Mais ce ne pouvait être qu'une solution temporaire, car l'hiver ne durerait pas éternellement et la fonte des neiges viendrait bientôt amollir les chemins et entraver l'opération de charroyage. Pierre avait perdu deux journées de travail dans ces changements de cap et blâmait ouvertement la direction du chantier de son indécision.

« Y vont-tu arrêter de branler dans le manche pis faire leur idée, une bonne fois pour toutes! Ç'a pas d'allure de pas savoir d'une journée à l'autre ce qu'on va faire. »

Pour le moment donc, il était revenu à l'abattage, mais le cœur n'y était plus. Il travaillait de façon machinale, ne prêtait pas assez attention à son travail et ne donnait pas sa pleine mesure. Le résultat : des arbres tombaient à l'envers, sa scie se coinçait souvent dans le trait et il ne faisait que deux cordes par jour, alors qu'il aurait pu en bûcher trois.

« D'une manière ou d'une autre, on sera peut-être même pas payés si on arrive pas à sortir not' bois c't'hiver. Pis l'hiver prochain, les vers vont s'être mis dedans pis y vaudra presque pus rien si on est chanceux pis que le feu pogne pas dedans pendant l'été. Ça donne rien de se faire mourir à l'ouvrage… »

Il lui arrivait de se sentir découragé. Madeleine lui échappait, il craignait de travailler pour rien et les paroles de Roland Ladouceur lui revenaient en tête et l'obligeaient à remettre en question un avenir sur la terre qu'il avait jusque-là cru tout tracé.

Il commençait aussi à avoir vaguement peur. En quittant le chantier pour rentrer à la maison la première fin de semaine de février, il avait remarqué deux voitures stationnées le long de la route 11 devant la voie d'évitement de Reesor et, de l'autre côté de la route, une voiture de police. Sur le moment, il n'avait que songé :

« Quiens don'! Les grévistes nous guettent pis la police guette les grévistes. Ça va peut-être les empêcher de r'venir faire des mauvais coups. »

Mais par la suite, plus il y avait réfléchi, plus le potentiel explosif de la situation lui était apparu. Jamais il n'avait eu affaire à la police. Si elle était là, c'est qu'il y avait du grabuge en perspective. Rendu chez lui, il avait entendu raconter les batailles d'écoliers et les confrontations de toutes sortes. On disait qu'à Hunta, les grévistes avaient déchargé plusieurs wagons de bois. À Moonbeam, ils avaient pris à partie un camionneur indépendant, qui n'avait réussi à s'en tirer que grâce à l'arrivée providentielle de la police. Plusieurs camions avaient été endommagés : on tailladait les pneus, on cassait les phares et on arrachait les fils électriques.

Chaque histoire était racontée avec un tel air de vérité que l'interlocuteur ne pouvait manquer d'y ajouter foi. Quand, à son tour, il la transmettait, souvent il en remettait un peu, de sorte que des incidents anodins, de bouche en bouche, prenaient des proportions terrifiantes : le camionneur un peu bousculé se retrouvait à l'hôpital avec des fractures et les camions aux pneus tailladés devenaient la proie des flammes.

Quand ce n'était plus assez d'exagérer les événements survenus, on en prévoyait de plus abominables encore. Les grévistes faisaient venir de l'Ouest des fiers-à-bras pour mettre au pas les indépendants récalcitrants. Ils avaient des plans – et de la dynamite – pour faire sauter le pont de la voie ferrée à Fauquier afin d'empêcher le bois du Québec d'arriver à Kapuskasing.

Comme Pierre ne savait pas ce qu'il devait croire, il imaginait le pire. Et c'est cette peur vague, contenue et pas très rationnelle, qu'un incident particulier pouvait transformer en panique.

Dans son cercle à lui, Pierre n'entendait parler que des méfaits des grévistes. Et dans l'autre camp, les choses se passaient sensiblement de la même façon. Pour les Latulipe et les grévistes, les indépendants devenaient des monstres sans-cœur qui, par goût du lucre, empêchaient les pauvres pères de famille de protéger leur gagne-pain et condamnaient des familles entières à l'indigence et à la faim. Cette version était d'autant plus accréditée que les familles, justement, commençaient à ressentir les privations du manque à gagner. Les grévistes représentaient le progrès, l'humanisation du travail. N'est-ce pas au syndicat qu'on devait l'abandon des camps exigus où l'on dormait dans les lits superposés, empilés les uns sur les autres dans la vermine? Voulait-on revenir au système infernal où chacun devait négocier son salaire, se débrouiller comme il le pouvait pour faire sa popote, travailler semaine et dimanche dans des conditions impossibles et passer cinq mois par année dans la forêt sans en sortir? N'était-ce pas à cela que la rapacité de la compagnie, l'intransigeance des marchands et l'à-plat-ventrisme des indépendants menaient? Le seul rempart contre ce retour à l'âge des cavernes était le syndicat et il avait le droit – bien plus, le devoir – d'obliger les indépendants à appuyer son valeureux combat.

Qu'on nous permette d'ouvrir ici une parenthèse. Quand, plus tard, on cherchera des coupables aux tragiques événements qui vont suivre, ne faudrait-il pas désigner en tout premier lieu tous ceux qui n'ont fait qu'alimenter la machine à rumeurs et semer la méfiance, puis la peur et enfin la panique qui, elle, a directement causé le drame? Peuvent-ils dormir tranquilles et prétendre qu'ils n'ont rien fait, ceux qui ont contribué à enflammer les esprits et qui ont disséminé aux quatre vents la rancœur et la haine? Peuvent-ils s'étonner que les flammes se soient propagées alors qu'ils les attisaient avec autant de zèle? Ne sont-ils pas aussi responsables que ceux qui se sont affrontés dans la nuit du 10 au 11 février, avec, dans la tête et dans le cœur, la peur et la haine qu'on leur avait insufflées ?

⁙

Le mardi 5 février, Pierre était d'humeur maussade en pénétrant dans le camp pour souper, et il n'était pas le seul. Le temps s'était adouci et il neigeait depuis deux jours. Cela signifiait une couverture plus épaisse au sol où il était difficile de se déplacer, et des arbres chargés d'une neige collante qui dégringolait sur le bûcheron dès qu'il entreprenait de les abattre. Il remarqua tout de suite la présence de Paul-Eugène Bouillon.

« Quiens, d'la visite. Ça doit vouloir dire qu'y a du nouveau. »

Il dut attendre la fin du repas pour savoir de quoi il retournait. Contrairement à leur habitude, les hommes parlaient peu et bas, comme si les plaisanteries, les taquineries et les vantardises n'étaient plus de mise. Au dessert, Roland Ladouceur se leva et demanda le silence, qu'il obtint instantanément. Pourtant, il se rassit aussitôt et c'est Bouillon qui prit la parole.

« On va recommencer à charroyer jeudi matin. On s'est mis d'accord là-dessus, la direction du chantier pis moué. Y reste quasiment 10 000 cordes à sortir pis, normalement, 40 à 50 jours pour le faire. La grève peut durer des mois, on le sait pas. On a pas le choix. On peut pus attendre. Le droit est de notre côté. L'ouvrier a droit à son salaire. Pensez à la parabole des talents.

« On a déjà pris nos précautions. On a envoyé des lettres au syndicat pis à la compagnie pour dire nos intentions pis nos raisons. Personne pourra dire qu'on lui joue dans le dos.

«Aujourd'hui, Ladouceur pis moué, on a été au poste de police à Kapuskasing. La police va nous appuyer. Le chef de police a promis de faire patrouiller régulièrement notre secteur de jour comme de nuit. J'ai demandé la permission d'apporter des armes à feu pour notre protection. Le chef a pas dit oui, ben sûr, y pouvait pas faire ça, mais y'a pas eu l'air d'être contre.

«Voici comment nous allons procéder. Jeudi matin, ceux qui sont affectés au charroyage vont reprendre leur poste. On va mettre un homme de plus par camion pis un homme de plus par tracteur pour essayer de reprendre le temps perdu. Ladouceur va désigner lesquels. L'idée de ça, c'est qu'on est en avance dans le bûchage; c'est le charroyage qui pose un problème.

«À partir de jeudi, l'entrée va être barrée à Reesor tout le temps par une chaîne pis un cadenas. Si vous voulez passer, klaxonnez. La clé va rester à la cabane de Champagne pis quelqu'un va venir vous ouvrir...»

Pierre se pencha vers Jean-François pour lui murmurer:

«Qu'est-c'est que ça veut dire, klaxonner?

— Crier du criard.

— Ah bon!»

Bouillon poursuivait:

«...On va toujours rester au moins cinq hommes dans la cabane à l'entrée, le jour, pis au moins dix la nuit, parce qu'y font toujours leurs mauvais coups la nuit. On va s'installer pour être confortables, même si c'est pas mal petit. On va se remplacer. Ladouceur va s'occuper d'organiser les tours. Coucher là ou coucher ici, ça revient au même. Dans le jour, ben, ça fait pas de tort une fois de temps en temps une journée de congé.

«Ceux qui tiennent absolument à bouger pourront

toujours aller aider à décharger les camions, à condition qu'y reste toujours quelqu'un à la barrière.

« Je sais qu'y en a qui ont des fusils ou des carabines dans leur char. Je pense que c'est une bonne idée. Pour les autres, j'ai pas d'objection à ce que vous en apportiez. Ceux qui vont à la maison au milieu de la semaine, essayez d'y penser. On devrait pas avoir à les sortir, mais si jamais les grévistes venaient nous attaquer, deux ou trois coups en l'air, ça les ferait changer d'idée. Cachez-les comme il faut par exemple, on a pas la permission. Mais ce que la police voit pas, ça la dérangera pas.

« Je laisse Ladouceur vous expliquer les détails. »

Quand il se rassit, personne ne songea à poser de questions. Pierre pensa :

« Y'aurait aussi ben pu finir par "Et c'est la grâce que je vous souhaite de tout cœur" comme le curé. Y nous a même pas demandé ce qu'on en pensait. »

Pourtant, c'est exactement la question que les bûcherons se posaient en sortant de table, question à laquelle Jean-François répondit :

« J'aime pas ça, mon Pierre, j'aime pas ça pantoute. Bouillon, ça fait longtemps que j'le connais. Au Québec, y s'est quasiment fait sacrer dehors… Quand on commence à traîner des carabines, ça risque de mal tourner. Ça peut mal tourner même sans carabines remarque, mais des coups de poing su'a yeule, c'est moins pire que des balles. Moué en tout cas, ma .303, a va rester chez nous. »

❖

Un peu plus tard ce soir-là, juste comme ils allaient se coucher, Rosaire Morin arriva au camp en racontant que des grévistes l'avaient pris au collet. Il raconta :

«Chus juste arrêté en passant à l'Opaz pour prendre une biére. Moué, j'étais tout seul, mais des grévistes, y'en avait là au moins une douzaine pis y'étaient pas mal pompettes. Y'ont commencé à me baver. Y'ont dit qu'y réussiraient ben à nous faire arrêter de travailler.

— Pis toué, qu'ossé que t'as répondu?

— J'me sus pas laissé monter su' l'dos. J'leu' z'ai dit qu'y pouvaient toujours essayer pour voir!»

Pierre fut étonné de la réaction de Jean-François, d'habitude si posé:

«Maudit que t'es t'épais!»

Chapitre IX

Un voyageur qui se serait arrêté à Kapuskasing par hasard le 7 février 1963 aurait certainement trouvé qu'il y régnait une étrange atmosphère. Les magasins et les restaurants étaient déserts. Seuls les hôtels restaient fréquentés, surtout par des grévistes désœuvrés qui parlaient fort et se disputaient entre eux. Leur colère était palpable. C'est que les nouvelles étaient loin d'être réjouissantes. L'usine fonctionnait toujours. Ses travailleurs, membres d'un autre syndicat, continuaient de franchir tous les jours les piquets de grève purement symboliques : l'usine n'étant pas le lieu de travail des bûcherons, ils ne pouvaient en interdire l'accès à quiconque. À New York, les imprimeurs étaient en grève depuis deux jours et le *New York Times* avait cessé de paraître. La Spruce Falls avait réagi immédiatement en annonçant, la veille, une réduction de 30 % de sa production. Quelques trains chargés de bois étaient arrivés à Kapuskasing en provenance du Québec. Plusieurs indépendants travaillaient toujours et constituaient un peu partout des réserves sur lesquelles la compagnie pouvait compter. Tout semblait donc se conjuguer pour minimiser l'effet de l'arrêt de travail sur l'approvisionnement du moulin : il avait moins besoin de matière ligneuse puisqu'il fonctionnait au ralenti et, comble de malheur pour les grévistes, la compagnie en trouvait ailleurs. Certains affirmaient avoir vu Thompson afficher un large sourire. Dans ces conditions, la grève pouvait-elle avoir une conclusion favorable aux travailleurs ? Plusieurs commençaient à regretter de s'être fourrés dans ce guêpier, surtout ceux qui s'y étaient opposés depuis le début mais qui avaient dû suivre le mouvement. D'autres, et c'était le plus grand nombre, considéraient que tout n'était pas perdu et prônaient un durcissement des positions et une lutte sans merci, en particulier contre les indépendants. On ne pouvait rien contre le *New York Times*, le Canadien National ou les employés du moulin, trop nombreux et bien organisés, mais les indépendants, eux, on pouvait les mettre au pas, et il fallait le faire, par la force si nécessaire. D'où des discussions sans fin qui dégénéraient parfois en bagarres.

La grève suscitait assez peu de sympathie à Kapuskasing et dans les environs. Les bûcherons étaient souvent perçus comme des semi-nomades indisciplinés et responsables de fréquentes batailles dans les hôtels de la ville. Cette réputation peu enviable reposait sur l'acceptation et même la valorisation par les bûcherons de la loi du plus fort. Dans des camps entièrement occupés par des hommes, dont la hiérarchie était basée sur la force physique exigée par le travail, il convenait de se faire respecter, à coups de poing s'il le fallait. Reculer devant la provocation ou se soumettre devant l'intimidation équivalaient à perdre la face et à être relégué dans la caste méprisée des moutons, des timorés et des mauviettes. De là sans doute venait ce penchant pour la vantardise et la bagarre. Mais cette mentalité était loin d'être partagée par toute la population. Les travailleurs de l'usine par exemple, pour la plupart gens de métiers, plombiers, électriciens ou mécaniciens, et qui comptaient une bonne proportion d'anglophones, regardaient de haut ces francophones peu instruits, vantards, bruyants et querelleurs, et ne leur accordaient pas d'emblée leur sympathie.

Privés de l'appui des syndiqués de l'usine et de la population, les grévistes ne pouvaient compter que sur eux-mêmes. Ils piquetaient peu de la façon conventionnelle à l'entrée du moulin, que n'importe qui pouvait franchir sous la protection de la police. La majorité patrouillait plutôt la grand-route et les chemins forestiers pour surveiller les indépendants. Quand ces grévistes rencontraient un camion chargé de «pitounes», ils l'obligeaient à s'arrêter et déchargeaient son contenu dans un fossé pendant que deux ou trois solides gaillards retenaient le conducteur. On lui permettait de repartir après lui avoir servi un sérieux avertissement.

«La prochaine fois, c'est ton truck qui va se retrouver dans le fossé. Y va être pas mal amoché, pis toué avec.»

Ils harcelaient aussi ceux qui se contentaient d'empiler leur bois en bordure d'une route d'accès. Laurent Hurtubise avait eu de la sorte des «bobsleighs» endommagés et des piles de bois éparpillées sur la route. Personne cependant n'avait offert de résistance : les grévistes étaient trop nombreux, se tenant en groupes de 30, 50 ou même 70 hommes.

Depuis environ une semaine que durait ce manège, il semblait en ce 7 février que l'industrie du transport du bois de pulpe dans la région tout entière s'était arrêtée, comme figée par l'hiver qui, normalement, la stimulait. Les grévistes, selon toute apparence, avaient réussi à imposer leur volonté.

La tentative du syndicat de s'adjoindre les indépendants n'était d'ailleurs pas faite que de menaces. Un article avait paru dans tous les journaux de la région, signé par Yves Labrecque, dans lequel celui-ci invitait les indépendants à arrêter complètement le travail en forêt pour, disait-il, «appuyer le syndicat dans sa lutte pour l'amélioration des conditions de travail de tous les travailleurs de l'industrie forestière». En retour, le syndicat s'engageait à «subvenir aux besoins en nourriture et bois de chauffage des familles des travailleurs indépendants» qui débrayeraient.

L'offre était sans doute faite de bonne foi, mais elle dut sembler ridicule aux cultivateurs: leur bois de chauffage pour l'hiver était bûché, débité, fendu et cordé depuis le printemps précédent, et la ferme leur fournissait plus de 90 % de leurs besoins en alimentation sous forme de viande, lait, œufs, légumes ou pommes de terre. Ils ne risquaient pas, à court terme, de crever de faim ou de froid, mais plutôt de devoir abandonner leur ferme s'ils ne recevaient pas ce revenu d'appoint nécessaire à l'achat de graines, d'engrais et d'outillage pour faire les semences au printemps.

Les syndiqués ont sans doute très mal compris l'enjeu réel de l'arrêt de travail pour les cultivateurs. Si les grévistes ne perdaient que leur salaire pendant la période de la grève – environ un mois dans le cas présent – et encore pas complètement parce qu'ils avaient droit à une paye de grève de 15 $ par semaine, les cultivateurs eux, s'ils ne parvenaient pas à sortir leur bois de la forêt avant le dégel, perdaient le travail de tout un hiver, plus leur investissement pour les redevances sur la coupe, l'aménagement des camps et des chemins, l'outillage et l'essence. Ils n'en avaient tout simplement pas les moyens. L'enjeu réel pour eux, c'était leurs fermes et, en définitive, leur mode de vie même.

Ce jour-là, vers midi, Jim O'Donnell revenait vers Kapuskasing après s'être rendu au camp 91. Une visite de routine en réalité. Le camp n'abritait plus qu'une vingtaine de travailleurs étrangers, des Finlandais pour la plupart, qui, n'ayant pas de domicile fixe, préféraient rester au camp le temps de la grève. Ils respectaient la consigne, ne travaillaient pas et tuaient le temps en jouant aux cartes et en construisant un sauna. Jim leur avait parlé, assez difficilement il est vrai, car la majorité d'entre eux ne parlait ni français ni anglais. Ils n'avaient rien à signaler, sauf la visite de deux voitures de police qui avait inquiété surtout ceux qui n'étaient pas en règle avec le ministère de l'Immigration.

O'Donnell vit tout à coup venir en sens inverse un autre convoi d'une quinzaine de voitures. Il s'arrêta pour échanger les derniers potins ; c'était l'usage et, d'ailleurs, on n'avait rien d'autre à faire. Il y avait là en particulier Jos Lefier et son fils, que Jim connaissait bien pour avoir travaillé avec eux. On parla d'abord de choses et d'autres, de la température si douce pour un début de février. De la grève, on ne pouvait dire grand-chose, rien ne se passait. Lefier raconta, pour meubler la conversation :

« J'ai vu Thompson sortir de l'office à matin. Y'a l'air de rire de nous autres, le maudit. »

Son fils reprit :

« Oui, y doit être ben content que les colons recommencent à charrier. »

O'Donnell crut avoir mal entendu.

« Qu'est-c'est que tu chantes là, toué ? Où c'est que t'as pris ça ? Quels colons ? »

L'autre se mit sur la défensive.

« La gang de Lowther, ou ben Reesor, le chantier coopératif. C'est la vérité vraie. Y sortent leu' bois pis y s'en vantent en plus. Y'ont envoyé une lettre à Labrecque. J'étais là au local quand y l'a reçue. Y'ont recommencé à matin.

— Ben maudit calvaire. Y'en a qui ont la tête dure. Pis Labrecque laisse faire ça, le flanc mou. On devrait aller voir ça de plus proche. »

Il haussa le ton.

« Y'en a-tu qui viennent avec moué ? Ça donne rien de patrouiller icitte. C'est à Reesor qu'y faut aller. »

❖

Pierre avait été soulagé de reprendre le crochet et de faire démarrer le tracteur. Enfin on allait se remettre au vrai travail. Finie l'indécision. Chaque bûche qu'il arrachait à la neige lui semblait un gage qu'il n'avait pas travaillé pour rien. Les chemins, battus la veille, étaient solides et le temps, un peu trop doux peut-être mais sans précipitations, permettait de travailler en chemise. Le petit tracteur avait démarré au quart de tour et tirait vaillamment ses deux « bobsleighs ». Tout fonctionnait si bien que le jeune homme ne put s'empêcher d'être optimiste et de penser à Madeleine. Il était encore temps... peut-être...

« Je pourrais essayer d'y parler au père Latulipe, c'est pas un si mauvais bonhomme que ça. Y va comprendre le bon sens... »

Il se retourna pour jeter un coup d'œil au chargement qu'il remorquait. Juché sur le monceau de bûches, Jean-François lui sourit et fit signe que tout allait bien.

« Je serais peut-être mieux de reparler à Madeleine

avant. Si seulement c'te maudite grève-là pouvait finir. C'était si simple avant. »

Il rangea le tracteur sur le bord de la route.

« Jus' à temps. V'là le truck qui arrive. »

Mais plutôt que de stationner son camion le long des « bobsleighs », Jos Hamel s'arrêta derrière eux et descendit précipitamment. Il était pâle.

« Qu'est-c'est qu'y se passe ? On dirait que t'as vu le yable !

— J'sais pas si on devrait continuer à charrier. Je l'sais pas pantoute. Y'a à peu près trente chars de grévistes à' siding qui nous regardent décharger. Pis quatre chars de police. »

Pierre vit rouge.

« Ah non ! Ça va pas recommencer encore, c't'histoire-là. Chargeons, que j'dis, moué. Si t'as peur, j'vas la prendre, ta place. Viens-tu avec moué, Jean-François ? »

Celui-ci fit signe que oui. Et c'est ainsi que Pierre et Jean-François devinrent camionneurs pour le reste de la journée et le lendemain. Sans problèmes d'ailleurs. Quand ils arrivèrent à Reesor, il ne restait plus que deux voitures de grévistes et une voiture de police. Pierre fit remarquer à Jean-François :

« Ça valait pas la peine de tant s'énerver. Y feront rien, surtout quand la police est là. Jos Hamel a pris les nerfs pour rien. »

Jean-François haussa les épaules d'un air dubitatif.

« C'est peut-être pas fini. »

Pour changer la conversation et montrer qu'il n'avait pas peur, Pierre remarqua :

« Sais-tu que j'haïs pas ça, chauffer un truck ! J'me demande si j'offrirai pas de finir l'hiver comme ça. C'est pas mal moins frette que le tracteur. »

Jean-François se mit à rire.

« Si tu penses. Aussitôt que Jos Hamel aura pus peur, y va vouloir le ravoir, son truck. »

⁘

Le vendredi soir, après souper, Roland Ladouceur garda tout son monde à table quelques minutes de plus pour assigner les postes pour la fin de semaine.

« …Pis à' siding, dimanche soir, Sam Tourville, Pierre Ménard, Louis Savoie… »

Pierre se tourna vers Jean-François.

« Depuis que j'sors pus steady, d'une manière ou d'une autre, j'ai pus rien à faire en fin de semaine. J'avais l'intention de rester au camp de toute façon. »

⁘

Au même moment, dans son bureau du poste de police de Kapuskasing, le sergent Dixon terminait son rapport hebdomadaire destiné à son supérieur à North Bay. Il avait énuméré les divers incidents de la semaine.

Lundi 4 février – Vers 11 h 15, une patrouille composée d'Arnott et de Brent est arrivée sur les lieux d'une confrontation entre un groupe d'environ 40 grévistes et un camionneur de Moonbeam sur le chemin du lac Rémi. Le camion chargé de bois avait été conduit dans un fossé, où il s'était renversé. Les grévistes sont repartis en hâte à l'arrivée de la voiture de patrouille. Le camionneur, un certain Boniface Larue, n'a pas pu ou n'a pas voulu les identifier ni porter plainte, par peur de représailles sans doute.

– En soirée, vers 23 h, les constables Arnott et Gray ont eu connaissance d'une altercation dans le Cercle impliquant une

112

vingtaine d'hommes. Comme l'échange semblait compter plus d'injures que de coups et que l'arrivée des policiers a suffi à disperser les combattants, ils ont décidé de ne pas intervenir. Ils n'ont pas pu dire quel était le sujet du différend parce que l'échange verbal s'est fait entièrement en français.

Mardi 5 – En avant-midi, j'ai reçu à mon bureau la visite de Roland Ladouceur et Paul-Eugène Bouillon du chantier coopératif de Val Rita. Ils m'ont informé qu'ils allaient se remettre à charroyer et empiler leur bois à Reesor Siding en dépit des menaces des grévistes. Ils ont demandé la permission écrite de se munir d'armes à feu pour se protéger. J'ai refusé et je les ai encouragés à la négociation plutôt qu'à la confrontation avec les grévistes. Ils ont demandé la protection de la police. J'ai répondu que je pouvais intensifier les patrouilles dans leur secteur, mais qu'avec les effectifs dont je disposais et vu les dimensions du territoire et le climat de tension actuel, la police ne pouvait être partout à la fois. Ils ont paru satisfaits...

Le rapport se poursuivait ainsi sur plusieurs pages et faisait état de plusieurs bagarres, d'actes de vandalisme et de cas d'intimidation. Il se terminait sur la note prémonitoire suivante :

Le renfort de dix hommes qui nous a été envoyé le 23 janvier est nettement insuffisant pour faire face à la situation. Il en faudrait dix fois plus. Ces bûcherons sont querelleurs et indisciplinés. Comme ils parlent peu ou pas du tout l'anglais, il est difficile pour nos agents de savoir exactement de quoi il retourne. Paul-Eugène Bouillon m'a fait l'effet d'un fanatique dangereux. Dans le charabia qui lui sert d'anglais, il m'a expliqué que Dieu était de son côté. Je me méfie de son influence...

✣

Bien assis derrière son bureau, Clifford Thompson feuilletait distraitement le *Northern Times* du 6 février quand un article attira son attention. Il s'intitulait «Gagné back from Toronto». Il lut:

> *Joseph-Étienne Gagné, un entrepreneur bien connu dans la région, est revenu hier de Toronto où il avait conduit une délégation de huit personnes pour sensibiliser les politiciens aux problèmes soulevés par la grève. Un peu déçu de n'avoir pu rencontrer le premier ministre Robarts en personne, M. Gagné a dit espérer quand même que son voyage n'aura pas été vain. La délégation a été reçue par le député de Cochrane-Nord, monsieur René Brunelle, qui l'a assurée, selon Gagné, que le gouvernement faisait tout en son pouvoir pour rétablir la situation. M. Brunelle aurait affirmé que le gouvernement conservateur suivait la situation de près, «d'heure en heure», aurait-il dit. «Les gens du Nord peuvent dormir tranquilles. Nous ferons l'impossible pour préserver l'harmonie dans notre beau coin de l'Ontario.» Nous avons tenté sans succès de rejoindre M. Brunelle pour apprendre de lui les mesures exactes que le gouvernement entendait prendre pour régler le conflit.*

Thompson eut un large sourire.

«How touching! In any case... c'est pas Gagné ni Brunelle, ni même John Robarts qui va venir me dire comment gérer ma compagnie. La grève va se régler quand je vas décider de la régler. Pis ça presse pas. Laissons les Frenchies se battre entre eux autres un bout de temps. Plus y vont avoir la langue longue, mieux y vont accepter ce que je veux leur faire accepter. En attendant, on n'a pas de problèmes.»

Si lui n'avait pas de problèmes, d'autres allaient en avoir très bientôt!

Chapitre X

Le dimanche 10 février débuta pour Pierre comme tous les autres dimanches. Il avait travaillé le samedi et avait décidé de rester au camp parce que, étant de garde à Reesor le dimanche soir, il évaluait que cela ne valait pas vraiment la peine d'aller chez lui pour moins de 24 heures. Il s'était donc levé «tard», vers 7 h 30, était allé déjeuner et il commençait à s'ennuyer un peu quand le grand Malette proposa à la ronde d'aller à la messe à Opasatika. Pierre accepta avec trois autres. Il ne tenait pas tellement à la messe mais il trouvait toujours la journée longue, le dimanche.

«Ça fera toujours une sortie. Ça peut pas faire de tort de voir du monde.»

❖

Il fumait une dernière cigarette sur le perron de l'église en compagnie de la plupart des hommes qui attendaient à la toute dernière minute pour entrer, quand, à sa grande surprise, il reconnut Madeleine, qui montait les marches d'un pas pressé. Il lui barra carrément la route. Elle s'arrêta brusquement, aussi surprise que lui.

«Qu'est-c'est que tu fais icitte?

– J'étais resté au camp pour la fin d'semaine. Pis on a décidé de venir à messe. C'est l'église d'Opasatika qui est la plus proche du chantier. Pis toué?

– Chus venue relever ma cousine, qui a eu son bébé la semaine passée. Tu la connais: Amélie, qui est mariée avec un Desautels d'icitte, d'Opasatika. Ben, si j'm'attendais…»

Au même moment, un jeune entrouvrit la porte pour dire de l'intérieur que la messe commençait. De toutes parts, on lançait les mégots dans la neige et on entrait, le chapeau déjà à la main. Mais Pierre et Madeleine restaient figés face à face, lui sur le perron, dos à la porte de l'église, et elle, deux marches plus bas. Dieu qu'elle était belle dans son manteau vert pâle dont le collet de fourrure brun pâle lui cachait le bas du visage! Pierre n'était pas loin de voir dans le hasard de cette rencontre une intervention de la Providence. Il lui tendit la main.

«Viens, Malette va nous prêter son char pour à matin.»

Elle hésitait. Il insista.

«Y faut qu'on se parle. C'est important. Le bon Dieu comprendra ben qu'on manque la messe. Pis ton père saura rien.»

Elle ne bougeait toujours pas. Pierre crut avoir trouvé l'argument décisif.

«Même que je pense que c'est lui qu'y'a arrangé ça.»

Devant l'air bizarre de Madeleine, conscient de l'ambiguïté de ses paroles, il précisa:

«Pas ton père, le bon Dieu je veux dire.»

Elle tendit la main et ils redescendirent les marches ensemble.

Pierre savait que la voiture n'était pas fermée à clé parce

que personne n'aurait songé à verrouiller sa voiture à la porte de l'église. Il fut tout de même soulagé de constater que la clé de contact était restée sur le tableau de bord.

«Chanceux quand même. On va pouvoir se faire de la chaleur. Pis aller faire un tour si on veut.

– Non, restons icitte.»

Pierre comprit que Madeleine savait ce qu'il avait en tête et que ce qu'elle aurait sans doute accepté sans trop de résistance le samedi soir lui semblait sacrilège à l'heure de la messe du dimanche. Ils restèrent donc sur place et, pendant près d'une heure, parlèrent à cœur ouvert pour la première fois des sentiments de Madeleine à son égard.

«M'aimes-tu?

– Ben sûr que j't'aime, même si tu me fais un peu peur des fois.»

Il sursauta:

«Moué j'te fais peur? Comment ça?

– Tu te choques vite pis t'es têtu comme mon père.»

Pierre grimaça devant la comparaison.

«M'aimes-tu assez pour passer par-dessus mes défauts pis attendre que les circonstances changent?

– À condition que tu fasses pas de bêtises en attendant. Mêle-toué pas de rien. Chez nous, on est dans c'te grève-là jusqu'au cou. Pis j'ai pas envie de me mettre en chicane avec ma famille.

– Bon, j'vas essayer de rester tranquille. Y'a d'autre chose que j'voulais te dire. Serais-tu ben déçue si j'devenais pas cultivateur? J'y ai pensé une partie de l'hiver. Me semble que ma vraie place à moué, c'est dans l'bois. Je pourrais travailler à salaire, même contracter, des fois, on sait pas.»

L'enthousiasme de Madeleine le surprit.

«Oh Pierre, si tu savais comme chus contente de t'entendre dire ça. Je voulais pas te le dire, mais ça m'enchantait pas trop de devenir cultivatrice. Je connais ça, tu sais, des vaches pis des cochons. On en avait nous autres aussi y'a pas si longtemps. Su'a terre, on tire le yabe par la queue. C'est le monde qu'y'est au service des animaux.

— Pourquoi c'est que tu m'disais rien?

— J'pensais qu'un homme a ben l'droit de faire c'qu'y aime pour gagner sa vie. Mais j'aime ben mieux l'idée d'avoir une maison au village. Pas d'vaches à tirer pis à soigner l'dimanche matin.

— Tu sais, j'ai chauffé un truck c'te semaine. J'ai trouvé ça pas mal de mon goût. Plus ça va aller, plus y va y avoir de machinerie dans l'bois. Ça fait qu'un gars qui se débrouille avec la machinerie, y'aura pas de misère à se placer les pieds.»

Il lui reprit la main.

«Pis toué? Les enfants Desautels te font pas trop damner?

— Tu sais, des enfants, c'est des enfants. J'en ai déjà vus avant aujourd'hui.»

Pierre sourit. Il comprenait le message de Madeleine aussi clairement que si elle lui avait dit: «Je saurai bien élever une famille». Ne lui avait-il pas signifié tout aussi clairement avec ses commentaires sur les camions, la mécanique et le travail en forêt qu'il se chargeait de gagner la vie d'une famille? Ils s'entendaient donc sur l'essentiel. Pierre s'en trouva tout ragaillardi.

Dès la fin de la messe, Madeleine s'empressa de filer chez sa cousine. Pierre était adossé à la voiture et fumait une cigarette quand Malette et les autres arrivèrent. En s'installant au volant, Malette fit une remarque sur la chaleur qu'il faisait dans la voiture. Un grand sourire unanime fit comprendre à Pierre que personne n'avait été dupe. Quelqu'un, sans doute pour le taquiner, lui demanda même ce qu'il avait pensé du sermon. Pierre crut connaître assez les habitudes des curés de village pour se tirer à son avantage de ce mauvais pas.

« Un ben beau sermon. Le curé Cournoyer est pas mal bon pour chicaner le monde.

– Y'a parlé de quoi au juste ?

– Ben… y'a parlé du péché…

– Facile à dire ça, parlé du péché. Les curés, y parlent tout le temps du péché. Mais qu'est-c'est qu'y'a dit à propos du péché ? »

Acculé au mur, Pierre ne put que répondre d'un air inspiré :

« En tout cas, y'avait l'air d'être contre. »

Un éclat de rire général accueillit cette déclaration. Le grand Malette en pleurait presque. Il se ressaisit pour demander :

« Ça vous dérangerait-tu, les gars, si j'faisais un petit détour ? Chus de garde à' siding à soir. J'ai envie de passer chez mon frère emprunter sa .303 pis une boîte de balles. »

Pierre accueillit la demande comme une douche froide. La réalité le rejoignait.

« Quiens, moué aussi chus de garde à soir. Mais penses-tu que ça soye ben nécessaire d'avoir une carabine ? »

L'autre haussa les épaules.

« Ça peut pas nuire de l'avoir dans' valise du char. »

❖

Le reste de la journée traîna en longueur. Après le dîner, Pierre essaya de faire un somme mais ne parvint pas à dormir: il n'était pas habitué à se coucher en plein jour. Il tua le temps de son mieux par la suite, joua deux ou trois parties de cartes et lut quelques articles de revues sans y prendre intérêt. Il pensait à Madeleine, à la vie qu'ils auraient une fois mariés. La perspective de passer sa vie dans l'industrie du bois lui souriait de plus en plus.

«Le père va être déçu que je prenne pas la terre. Mais y faudra ben qu'y se fasse à l'idée. Peut-être qu'un des jeunes va avoir le goût de cultiver. Moué, en tout cas, j'aime mieux les trucks que les vaches. Pis Madeleine pense comme moué, ç'a ben l'air.»

Il avait déjà hâte au lendemain pour se mettre au volant du camion.

«À un moment donné, j'pourrais même m'acheter mon truck à moué. Les banques sont là pour ça, emprunter.»

C'est avec soulagement qu'il vit arriver l'heure du souper. Celui-ci fut vite expédié: le service était rapide, vu qu'il n'y avait qu'une douzaine d'hommes au camp en ce dimanche soir. La plupart n'arriveraient que tard en soirée ou même le lendemain matin.

Après souper, il se mit à tourner autour de Malette avec qui il devait se rendre à la barrière pour prendre son tour de garde. Celui-ci n'avait pas l'air pressé de partir, mais devant l'insistance de Pierre, il finit par se décider. Pierre considérait cette nuit à passer dans la cabane de Champagne comme une ennuyeuse corvée avec laquelle il avait hâte de finir pour reprendre le travail. Il ne songeait pas que, même s'il s'y rendait d'avance, elle ne finirait pas une minute plus tôt. L'espèce de fébrilité, d'anxiété même, qui formait le fond de son caractère et qui le portait à rager contre tout ce qui se mettait en travers de sa route, le poussait en avant. La rencontre de Madeleine et leur conversation, le matin même, avaient encore exacerbé son impatience.

La neige avait cessé de tomber mais le temps était resté couvert. De chaque côté de l'étroit chemin de halage que la « charrue » venait de déblayer, la hauteur des bancs de neige témoignait de l'épaisseur de la couche qui recouvrait le sol. La température était anormalement douce pour la saison et Malette fit remarquer :

« C'est juste si ça fond pas. »

Puis il ajouta, comme une arrière-pensée :

« L'hiver durera pas ben longtemps asteure. La première chose qu'on va savoir, on va être rendus aux semences. »

Mais ce n'était pas aux semences que Pierre avait pensé. C'était à la quantité de « pitounes » qui devaient encore être transportées des « strips » au chemin et du chemin à la voie d'évitement. Sinon, pas de salaire et adieu les rêves de mariage et de camion. Dieu qu'il avait hâte de reprendre le collier.

En arrivant à Reesor Siding, il fut d'abord surpris par le nombre de véhicules qui s'y trouvaient : deux voitures de police, phares allumés près de la barrière, sept véhicules devant la cabane de Champagne, sans compter le leur. Pierre s'exclama :

« Y'a du monde à' messe ! »

En entrant dans la cabane, il eut peine à refermer la porte tant elle était pleine : une vingtaine de personnes, dont Roland Ladouceur et Paul-Eugène Bouillon, s'y trouvaient déjà. Plusieurs étaient debout ou assis sur les lits, car il n'y avait pas de sièges pour tout le monde. Mais ce qui le frappa le plus, ce fut l'atmosphère tendue, lourde et étouffante qui régnait. Personne ne bougeait, on parlait peu et à voix basse. Pierre jeta un regard interrogateur sur son plus proche voisin, un type qu'il connaissait peu, qui venait d'arriver.

«Personne sait trop ce qui se passe. Les grévistes ont passé l'après-midi en réunion à Opasatika. Y'a que'que chose dans l'air, des rumeurs qu'y viendraient à soir nous attaquer.»

Les rumeurs en question avaient une seule et unique source: le beau-frère de Laurent Cayer, qui s'était absenté de la réunion juste avant l'heure du souper pour l'avertir de ne pas se trouver à Reesor ce soir-là, qu'au syndicat le ton montait et qu'il risquait d'y avoir du grabuge. Cayer travaillait au chantier coopératif, son informateur était gréviste. Comme bien d'autres parents et amis, les deux beaux-frères se retrouvaient donc dans des camps opposés. Cayer s'était précipité chez Roland Ladouceur, qui avait envoyé prévenir Paul-Eugène Bouillon et quelques voisins, de sorte que tout ce monde était arrivé à la voie d'évitement peu après le souper. Au lieu des dix gardes désignés pour la nuit, il y avait donc 22 hommes à la barrière ce soir-là, dont l'un, indisposé, allait rentrer chez lui bientôt. Mais quand même! Dix, c'était déjà trop pour la cabane de Champagne, alors imaginez 22!

La soirée fut interminable. Il faisait trop chaud dans la cabane même si on avait pratiquement laissé s'éteindre le poêle. À tout moment, un groupe sortait sous prétexte de vérifier si la chaîne était toujours en place, mais en réalité pour prendre l'air. Les autres s'assoyaient à tour de rôle. Quelques jeunes, dont Pierre, prirent le parti d'aller s'asseoir dans la voiture de Simon Lanteigne, qui avait la radio. Au moins, ils étaient assis et pouvaient écouter de la musique.

À mesure que le temps passait, la tension diminuait. Pierre sentait ses nerfs se relâcher.

« Y se passera rien pantoute. Y'en a encore qui se sont énervés pour rien. »

Il songea à se choisir une voiture et à s'installer sur la banquette arrière pour dormir.

« Y fait doux pis chus ben habillé. Pis comme ça, j'aurai pas l'air trop bête pour travailler demain matin. »

La peur qu'il avait ressentie en arrivant l'avait pratiquement quitté pour faire place à un vague ressentiment contre les alarmistes, qui passaient leur temps à crier au loup. Pour sa part, il était convaincu qu'il ne se passerait rien ce soir-là, mais il pouvait toujours la sentir autour de lui, cette peur, dans cette attitude furtive, ces sursauts au moindre bruit et ces conversations à voix basse qui portaient toutes sur ce qu'on devrait faire « quand y vont arriver ». Certains avaient parlé de sortir leurs armes à feu des voitures et de les charger, mais Roland Ladouceur les en avait empêchés.

Vers 11 h, il y eut une fausse alarme. Deux voitures arrivèrent à la barrière pour s'y arrêter. Mais il s'avéra que c'étaient deux voitures de police qui venaient s'ajouter aux deux premières qui étaient toujours là. Pour les plus alarmistes, c'était un signe certain que les grévistes arrivaient. Pour Pierre, au contraire, c'était plutôt rassurant.

« Y feront rien quand la police est sur place. »

L'attente recommença.

Un peu avant minuit, les choses se précipitèrent.

Deux nouvelles voitures de police arrivèrent en trombe. Deux policiers sortirent de l'une d'elles pour passer sous la chaîne et se diriger vers la cabane. Lorsqu'ils en franchirent le seuil, on les attendait, tous ayant été alertés. Le silence était complet.

«I'm constable Taylor. The meeting is over in Opasatika.»

Il expliqua que les grévistes étaient en train de se former en convoi le long de la route 11, que le convoi pointait vers l'ouest, donc que sa destination pouvait très bien être Reesor Siding. Sa voix était calme et il se fit rassurant.

«We are eleven police officers here. We'll do our best to stop them.»

Il enjoignit les cultivateurs de rester sur place et de laisser les policiers s'occuper des grévistes. Puis, avant de sortir, par acquit de conscience, il demanda :

«You have no weapons in here, have you?»

Ladouceur fit un geste de dénégation. C'était presque vrai : toutes les armes étaient restées dans les voitures, à l'exception d'un revolver de petit calibre que Bouillon portait sur lui et qu'il n'avait encore montré à personne. Quand les deux policiers sortirent, Bouillon les suivait pour, dans son anglais plus qu'approximatif, les accabler de reproches, de recommandations et de conseils. Taylor s'arrêta net et se tourna vers lui pour lui dire d'un ton tranchant :

«Sir, get back to your group. We know our job.»

❖

En quelques minutes, la cabane s'était entièrement vidée. Tous les yeux étaient fixés sur la route, du côté est. L'imminence du danger avait sur les hommes des effets très divers. Certains semblaient hébétés et restaient les bras ballants. D'autres étaient galvanisés. L'un s'était emparé d'une hache, l'autre d'une pelle. Quelques-uns fouillaient dans les coffres des voitures et on vit apparaître des carabines et des fusils de chasse et des balles. Pierre remarqua le petit revolver que Bouillon tenait à la main. Un long frisson le parcourut. La peur, à nouveau, s'infiltrait en lui.

De l'autre côté de la voie ferrée, les policiers sortaient des six voitures garées de chaque côté de l'entrée. La plupart des gyrophares étaient allumés et rougissaient par intermittence les piles de bois, les bancs de neige et le visage des hommes comme pour surimposer un filtre à l'incrédulité, au désarroi et à la panique qu'on pouvait y lire. Les policiers achevaient de former un cordon juste devant la chaîne qui barrait l'entrée quand l'un deux s'exclama :

« They're coming ! »

Plus près de la route que les colons, il avait vu quelques secondes avant eux les lumières du convoi. Bientôt, ils les virent aussi. Le convoi arrivait.

❖

Plus de deux cents grévistes avaient passé l'après-midi et la soirée à Opasatika à une réunion plutôt tumultueuse organisée pour mousser le militantisme des membres, qui commençait à s'effriter. La voix de ceux qui s'étaient opposés à la grève depuis le début se faisait plus forte et sapait le moral des troupes en répétant à l'envi la vieille rengaine : « Je vous l'avais bien dit que ça marcherait pas. On est dans de beaux draps asteure ! » Cette attitude, si fréquente quand les choses tournent mal, est stérile et insultante, surtout si elle dit vrai.

Hermas Latulipe assistait à la réunion de même que son fils Rosaire. L'ancien cultivateur ne savait vraiment plus quoi penser. Il en arrivait à regretter l'étable chaude et la placidité des vaches. Comme bien d'autres, il s'était laissé entraîner dans cette grève par la promesse qu'elle ne durerait pas longtemps et qu'on allait triompher. Mais il n'y croyait plus. Le moulin tournait toujours et les monceaux de billes dans la cour avaient à peine diminué. Il avait l'impression que la grève pourrait durer éternellement. Mais lui n'en pouvait plus. Sa femme était revenue de l'épicerie la veille en disant qu'on refusait de lui faire crédit. Le 15 du mois, il devait faire un versement sur sa voiture et il n'en avait pas le premier sou. Sa belle Chevrolet neuve, symbole de son affranchissement de la terre, il allait la perdre! Et aucun règlement de la grève en vue. Il avait une envie folle de s'en prendre à quelqu'un. Mais à qui? Aux dirigeants du syndicat? Ils avaient été entraînés dans la grève bien malgré eux et il le savait. À la compagnie? Que pouvait-il faire de plus contre elle que de faire la grève? Le *New York Times* était hors de portée et le CN, qui continuait à apporter du bois au moulin, bien trop gros pour qu'on s'y attaque. Il lui fallait pourtant blâmer quelqu'un. Mais qui?

On apportait des piles de sandwichs et le café coulait à flots. L'alcool était interdit, mais le père Latulipe eut plusieurs fois connaissance que des flasques circulaient sous le manteau. De petits groupes sortaient aussi régulièrement: il faisait doux, et dans les coffres des voitures, la bière restait bien fraîche mais ne gelait pas.

À plusieurs reprises au cours de la journée, le nom du chantier coopératif de Val Rita revint sur le tapis, et chaque fois, Hermas Latulipe serrait un peu plus les dents.

«Il faudrait bien les mettre au pas, ceux-là!» À la fin de la journée, il avait oublié qu'il s'agissait de ses voisins, ses amis et ses anciens confrères de travail. Ils n'étaient plus pour lui que des briseurs de grève, des «scabs». Pas une seule fois il ne pensa à Pierre qu'il n'avait plus revu depuis deux mois.

Vers 11 h du soir, des dizaines de grévistes se mirent à arriver, par petits groupes, de Moonbeam et de Kapuskasing où d'autres assemblées avaient eu lieu. Ils offraient à ceux d'Opasatika de se joindre à eux pour effectuer un raid à Reesor Siding. L'idée, ayant déjà mûri, fut bien accueillie et l'expédition commença à s'organiser avec l'infinie lenteur des groupes nombreux et indisciplinés. Plusieurs choisirent de ne pas s'y joindre et de rentrer chez eux. Rosaire Latulipe refusa d'y prendre part. Mais Hermas, son père, tout à sa colère, monta sans se faire prier dans une des voitures de queue du convoi. Le sort en était jeté: sans le savoir, il ferait face à son futur gendre.

Chapitre XI

L a scène était irréelle. Presque aussi loin que Pierre et ses 20 compagnons pouvaient voir, des phares de voitures arrivaient de l'est, se rangeaient sur l'accotement de la route, du côté nord, puis s'éteignaient. Les véhicules stationnés formaient une ligne de près d'un demi-mille de longueur et leur nombre serait estimé par les policiers, dans leur rapport, à plus de 150. Si Pierre avait pu se voir ou voir ses compagnons dans l'obscurité, il aurait été frappé de leur attitude à tous, qui marquait la stupeur la plus totale. Bouche ouverte, bras ballants – dont quelques-uns tenaient une arme à feu –, ils semblaient pétrifiés. Jamais ils n'avaient imaginé l'arrivée d'autant de voitures. Cinq, dix peut-être, mais pas une centaine et plus! Le silence était total. Il ne fut rompu que par le plus jeune d'entre eux, Louis Mercier, qui répéta à trois reprises:

«Non! Non! Non!»

Une rumeur, faible et vague d'abord, commença à monter de la route. À mesure que les phares s'éteignaient, la rumeur s'enflait: les grévistes, qu'on distinguait mal dans l'obscurité, devaient être en train de sortir des voitures. Quand tous les phares furent éteints, on ne vit plus que quelques lueurs sautillantes et erratiques : certains grévistes devaient être munis de lampes de poche. Le bruit, par contre, augmentait de minute en minute : coups de klaxon, claquements de portières, appels et chocs divers.

Tout semblait se dérouler au ralenti. Les premières voitures étaient déjà arrivées depuis plusieurs minutes et aucun gréviste ne s'était encore montré à l'entrée du chemin éclairé par les phares et les gyrophares des voitures de police. Pierre comprit tout à coup que les premiers arrivés attendaient sans doute les derniers, qui avaient dû stationner leurs véhicules beaucoup plus loin et les rejoindre à pied. Comme pour lui donner raison, il lui sembla soudain que les bruits s'amplifiaient et se rapprochaient.

Cet intermède avait cependant permis à quelques cultivateurs de se ressaisir. Certains cherchaient une arme, une pelle, un bâton, une hache, un crochet, n'importe quoi pour se défendre. D'autres examinaient les piles de bois et la forêt derrière pour voir s'ils pourraient s'y cacher ou s'enfuir. Paul-Eugène Bouillon parlait d'une voix forte, d'un ton exalté, comme s'il prêchait.

«Faut pas reculer. Faut pas se laisser faire. On est dans notre droit. C'est pas notre faute si on est rendus là. On a pas cherché la chicane. Défendons-nous. Tirons s'il le faut ! »

Roland Ladouceur, au contraire, essayait de tempérer les ardeurs.

«Non, personne tire ! Y sont pas encore arrivés icitte. Y reste la barrière pis les polices. Personne tire avant qu'y soyent arrivés. Pis même là, on tire en l'air. On veut pas de morts su'a conscience. On tire en l'air. »

Personne ne semblait vraiment les écouter. On entendit renifler à plusieurs reprises et Pierre comprit que, près de lui, le jeune Mercier pleurait de peur. Quant à lui, plusieurs idées se bousculaient dans sa tête. Les cultivateurs pourraient sauter dans les voitures et rentrer au camp. Il était encore temps.

« Si c'est aux piles de bois qu'y en veulent, laissons-leu'. »

Mais il savait aussi que les grévistes pouvaient très bien aller les chercher jusqu'au camp, si leur intention était de les battre. Il se demanda si les grévistes étaient armés puis se dit que c'était sans importance.

« À' gang qu'y sont, carabines ou pas, y peuvent nous manger tout rond. »

Ce qu'il avait vraiment envie de faire, c'était de s'enfuir.

« J'pourrais prendre le bois. »

Il était presque sûr que personne ne le suivrait dans la forêt en pleine nuit, même si on s'apercevait de sa disparition. Mais c'était lâche. Il avait été désigné pour surveiller la barrière, il fallait qu'il reste.

« On va manger une maudite raclée ! »

Souvent il s'était demandé s'il avait du courage. Au moment de l'affrontement, il ne se posait même pas la question. Il avait une peur bleue et de longs frissons lui parcouraient le corps par vagues, comme quand il était transi. Mais la question ne l'intéressait plus. Tout ce qui l'intéressait, c'était de sauver sa peau.

À ce moment, un policier arriva vers le groupe au pas de course et leur ordonna :

« Get inside ! Get inside. Don't resist. Don't show yourselves. We'll stop them ! »

Par réflexe, ceux qui avaient une arme à feu l'avaient cachée derrière leur dos en le voyant venir. Si le policier les vit, il n'en laissa rien paraître et repartit rejoindre les siens.

Quatre des hommes, interprétant mal ses paroles, se précipitèrent à l'intérieur des voitures. Mais la plupart restèrent sur place. Puis tout se passa très vite.

On vit d'abord arriver les grévistes en une masse compacte qui occupait toute la largeur de l'entrée. Les policiers estimeront plus tard leur nombre à «entre 400 et 500 personnes». Ils criaient et gesticulaient beaucoup, mais on ne pouvait comprendre le sens des paroles tant le bruit était devenu assourdissant. Seule une voix plus aiguë domina le tumulte un moment.

«...se faire dompter!»

Sur la nature des gestes, nul ne pouvait se méprendre. On brandissait le poing, et Pierre vit avec terreur qu'un de ces poings tenait un crochet à «pitoune». Il ne songea pas que c'était assez normal si on venait saccager les piles de bois. Il imagina la pointe obtuse du crochet pénétrant dans sa chair et grimaça.

Puis quelqu'un marchant à reculons devant le groupe se mit à orchestrer les cris à grands gestes des bras et on entendit 100 voix scander :

«Scabs, scabs, scabs!»

Les 11 policiers s'étaient déployés épaule contre épaule en un mince cordon qui barrait la route juste devant la chaîne. Aucun, sans doute par ordre, ne tenait d'arme, de revolver ou de matraque. Celui du centre tenait levée une main ouverte dans le geste ici dérisoire du brigadier qui veut arrêter la circulation.

L'endroit où se tenaient les policiers allait jouer un rôle, sans doute décisif, dans la suite des événements. Roland Ladouceur avait choisi, pour planter ses poteaux et barrer la route d'une chaîne, l'espèce d'étranglement entre la voie ferrée et la route 11 où l'entrée du chemin de

131

Reesor était à son plus étroit. De chaque côté, des bancs de neige d'environ quatre pieds de hauteur, et au-delà un fossé assez profond, plein de neige molle. Le chemin de Reesor franchissait ce fossé sur un ponceau dont la longueur déterminait la largeur du chemin. Ce chemin était donc le seul accès à la voie ferrée, et la barrière doublée de son cordon de policiers était difficile, sinon impossible, à contourner. La chaîne tendue assez mollement entre les deux poteaux pouvait mesurer tout au plus une trentaine de pieds. C'est dans cet entonnoir, assez large du côté de la transcanadienne mais étroit à la barrière, que les grévistes s'engouffraient en scandant leur cri de ralliement au rythme du mouvement des bras du chef d'orchestre improvisé.

Au fond de lui-même Pierre priait pour que les policiers dégainent leurs armes, mais ils ne le firent pas. Au point où on était rendu, l'utilisation des armes par les policiers aurait pourtant été la seule façon d'éviter l'affrontement. Tout à coup, la scène s'obscurcit : la marée humaine avait rejoint les voitures de police et en cachait les phares qui, jusque-là, avaient éclairé la scène du drame. Tout le reste se passerait dans une demi-obscurité qui ajouterait à la confusion.

Parvenus à quelques pieds du cordon de police, les premiers arrivants firent mine de s'arrêter et on entendit quelques échanges verbaux, en anglais surtout, puis l'avance reprit, sous la poussée sans doute des rangs de l'arrière.

Le cordon de policiers reculait. Il résista encore une vingtaine de secondes après le premier contact, acculé à la chaîne qu'il emportait dans sa retraite, les poteaux arrachés de leurs trous de glace.

Rien ne peut décrire la terreur qu'éprouva Pierre quand il vit les policiers bousculés perdre pied et tomber. Ceux du bout du cordon furent carrément poussés dans le banc de neige. Bientôt, plus de chaîne, plus de policiers, il ne restait plus rien entre les centaines d'attaquants et les 20 cultivateurs sauf un espace d'environ 150 pieds, libre de tout obstacle. C'est alors qu'on entendit la faible détonation d'un petit calibre. Pierre se retourna et vit Bouillon le revolver au poing. Il venait de tirer en l'air, mais le tumulte était tel et le calibre si petit qu'il n'est pas sûr qu'on l'ait même entendu dans le camp adverse.

La marée avançait toujours, lente mais inexorable. Elle avait atteint la voie ferrée et, de ce point plus élevé, paraissait encore plus menaçante. Pierre entendit le déclic d'un fusil qu'on armait. À sa droite, il eut connaissance de la fuite de deux de ses compagnons à toutes jambes. Il entendit encore un coup de revolver et la voix de Bouillon qui criait :

« Tirez ! Tirez donc ! »

Cette fois, on lui obéit et Pierre entendit au moins une dizaine de détonations de gros calibres. Une certaine hésitation dans la masse d'hommes en face montrait qu'on les avait bel et bien entendues. Certains des arrivants avaient même tourné les talons et faisaient face à leurs propres compagnons. Pourtant, la halte fut brève et la progression de la colonne reprit. Pourquoi ? Tout simplement parce que les hommes en tête n'avaient pas le choix. La poussée de la colonne qui s'étirait sur environ 400 pieds jusqu'à la route 11 était telle que les premiers rangs étaient propulsés vers l'avant malgré eux. À l'arrière, on avait bien entendu des bruits, que la plupart avaient correctement identifiés comme des coups de feu, et la curiosité était telle qu'on se bousculait en étirant le cou pour essayer de voir ce qui se passait à l'avant. C'est ce mouvement de l'arrière-garde qui remit la colonne en branle, précipitant bien malgré eux les meneurs vers les carabines.

Jusqu'ici, tous les coups avaient été tirés en l'air, mais, quand les cultivateurs constatèrent avec horreur qu'ils ne suffisaient pas à arrêter la colonne, les canons s'abaissèrent. Les défenseurs n'avaient rien senti de la poussée qui avait obligé la tête de la colonne à reprendre son avance. Ils ne voyaient même pas la dixième partie de cette armée en marche dans l'obscurité. Mais ils entendaient la cohue, la savaient là, hurlante, menaçante et incontrôlable. Et surtout, ils savaient que l'assaut se poursuivait malgré les coups de semonce. Alors, pris de panique, ils abaissèrent les canons et tirèrent. Les grévistes n'étaient plus qu'à une cinquantaine de pieds.

Pierre fit sans s'en rendre compte quelques pas à reculons. Il tremblait de tous ses membres et claquait des dents comme un homme en train de geler. Il vit devant lui basculer un homme pendant qu'un autre s'assoyait dans la neige en se tenant la jambe. La fusillade fut brève mais vive. Le claquement sec des .30-30 et des .303 se mêlait au tonnerre des fusils de calibre 12 et .410 et enterrait presque complètement la pétarade du revolver. Pierre vit encore basculer une silhouette assez loin vers l'arrière. Puis il tomba lui-même à genoux et cessa de regarder.

Une immense clameur monta de la masse des assaillants. La confusion était à son comble et une impitoyable bousculade s'ensuivit. Certains tombaient, d'autres s'enfuyaient de côté dans la neige au ventre, d'autres encore s'arc-boutaient contre la poussée de la colonne, dont la pointe s'émoussait ainsi qu'un fer de lance sur une pierre.

Puis, ce fut le reflux, sans ordre, en une mêlée indescriptible. À l'arrière, on avait enfin compris qu'il fallait reculer. Pierre risqua un regard. Derrière la marée humaine qui se retirait, une dizaine de corps gisaient sur le chemin, l'un immobile, les autres s'agitant parmi les objets les plus divers: des tuques, des mitaines, deux crochets, une lampe de poche.

Les armes à feu s'étaient tues. Devant, la clameur s'estompait. Après l'infernal tapage, c'était presque le silence. Pierre tenta de se remettre debout et y parvint difficilement. Il avait les jambes si molles qu'elles avaient peine à supporter son poids. Lentement, il lui sembla que son cerveau recommençait à fonctionner.

Il sursauta à l'arrivée des policiers, sortis semblait-il de nulle part. Déjà, ils aboyaient des ordres.

«Stop it, stop shooting. Lay down your weapons.»

Pierre songea avec amertume:

«C'est ben l'temps asteure que le mal est faite.»

Curieusement passifs, les hommes se laissaient désarmer, heureux semblait-il que quelqu'un prenne la situation en main. Un policier transportait les armes jusqu'à sa voiture. Trois autres s'occupaient des blessés. Deux prenaient déjà les noms et adresses des cultivateurs. Pierre s'interrogea.

«Où-ce qui sont toutes rendus? Y'en avait plus que ça t'à l'heure.»

Puis il s'avisa de la présence des autres policiers auprès des grévistes, sans doute pour prendre aussi leurs noms et adresses.

«Y va leur en manquer plusieurs!»

En effet, sur la route, des voitures démarraient, faisaient demi-tour et s'éloignaient en direction de Kapuskasing.

Les policiers avaient regroupé tous les colons près de la cabane et faisaient le compte.

« Seventeen. Is that everybody ? »

Personne ne répondit, sinon par des haussements d'épaules.

« Pourtant, me semble ben qu'on était vingt et un. »

Puis il songea aux deux qu'il avait vu s'enfuir au début de la fusillade. En regardant vers le chemin, il vit que les policiers avaient recouvert deux des corps de couvertures. Il songea avec détachement :

« Y seraient-tu morts ? »

Quelques-uns des blessés se tenaient debout, indice que leurs blessures devaient être légères. Un policier s'affairait auprès d'un autre, gisant dans une large flaque foncée.

« Y perd son sang. Y'est en train d'y faire un tourniquet. »

Puis une voiture s'approcha, on embarqua le blessé et la voiture partit à toute allure. Pierre ne le savait pas, mais celui-là aussi mourrait, vidé de son sang, le garrot s'étant défait en route pour l'hôpital.

Deux voitures de police s'approchaient du groupe.

« We're taking you in. It's not an arrest. For your own protection. »

Personne ne protesta. Après la frousse qu'on avait eue, la perspective de coucher en prison était plutôt réconfortante.

Mais deux voitures pour les embarquer tous, c'était bien insuffisant, d'autant plus que les deux qui s'étaient enfuis venaient de réapparaître. Malette et Grondin offrirent spontanément de prendre leur propre voiture et de suivre les policiers, ce qui fut accepté. En montant en voiture auprès du jeune Mercier, Pierre s'avisa qu'il sentait l'urine.

« Ben ! Y'a pissé dans ses culottes ! »

Puis il songea qu'il aurait bien pu en faire autant.

On s'entassa dans les voitures. Le convoi s'ébranla, les voitures de Malette et Grondin précédées et suivies de celles des policiers. La tragédie était terminée, mais Pierre savait déjà qu'elle aurait des suites encore longtemps. Il pensa à Madeleine et se dit que, cette fois, il l'avait irrémédiablement perdue. Puis il pensa qu'il y aurait sans doute un procès et que, pendant des années à venir, il verrait encore des silhouettes vaciller et s'effondrer dans la nuit. Les larmes lui vinrent aux yeux. Sa vie ne serait plus jamais la même après cette nuit qui mettait une fin abrupte à son insouciante jeunesse. Comme il se sentait vieux et fatigué ! L'écœurement le saisit et il s'écroula sur la banquette. Ses nerfs se relâchaient. La peur l'avait laissé, mais il s'aperçut qu'elle n'avait pas quitté tout le monde quand il entendit le policier qui conduisait la voiture pratiquement hurler dans l'émetteur :

« Wait for us ! Don't leave me behind ! »

Il constata que leur voiture avait pris du retard sur les autres, même si elle roulait à plus de 100 milles à l'heure.

« Y'a peur que les grévistes nous barrent le chemin ! »

Chapitre XII

Pierre faisait quelques pas dans sa cellule au moment où les premières lueurs du jour paraissaient à l'horizon. Il avait les jambes engourdies d'être resté trop longtemps assis sur le lit étroit. Il n'avait pu s'y allonger comme il l'aurait souhaité, parce qu'on n'avait pas eu assez de cellules et qu'on les avait entassés à six ou sept dans une pièce destinée à ne recevoir qu'un seul prisonnier. Il ne pouvait pratiquement pas marcher non plus, faute d'espace et parce qu'on lui avait fait enlever les lacets de ses bottes, qui ne lui tenaient plus aux pieds. Jamais il ne s'était senti aussi humilié. Il avait dû remettre aussi ses cigarettes, son briquet, son peigne et son portefeuille. Il avait eu un frisson d'horreur en entendant la porte se refermer derrière lui avec un bruit métallique.

De toute la nuit, on n'avait fait que parler à voix basse, de tout, de rien, juste pour se calmer les nerfs. Vingt fois, le grand Malette revint sur ce qu'on avait fait, ce qu'on n'aurait pas dû faire, ce qu'il aurait fallu faire et qu'on n'avait pas fait. Pierre n'osait pas, mais il avait envie de le faire taire, de lui dire que c'était inutile, qu'il était trop tard, que ce qui était fait était fait. Malette lui tombait sur les nerfs comme les soupirs et les larmes du petit Mercier, qui sentait de plus en plus fort l'urine, l'odeur de la peur.

« J'aurais jamais dû aller emprunter la carabine de mon frère. J'aurais dû sauter dans mon char pis me sauver au camp ! »

Lauzon faisait le dur. Il ironisa :

« C'est ça, on aurait dû se mettre à genoux pis leur dire de nous fesser à leur goût. Une bonne volée à coups de pieds pis à coups de crochets, ç'a jamais fait de mal à personne ! »

Inévitablement, la conversation dévia vers ce qui allait maintenant arriver. Malette était pessimiste.

« On sortira pus jamais. On est bons pour au moins 20 ans de prison si c'est pas la corde.

– Voyons don' ! On va être libérés à temps pour faire not' journée d'ouvrage. »

Pierre pensa que Malette avait peut-être raison de s'inquiéter parce qu'il avait tiré, mais lui…

« Peut-être que y'a juste ceux qui ont tiré qui vont être accusés ? »

Roland Ladouceur le regarda avec un peu de mépris.

« Toué, mon Pierre, honnêtement là, si t'en avais eu une carabine entre les mains, penses-tu que t'aurais pas tiré ? »

Penaud, le jeune homme baissa la tête. Bien sûr qu'il aurait tiré. Il était donc aussi coupable que n'importe qui, ou aussi innocent… Il comprit qu'il devrait faire face aux accusations s'il y avait lieu, avec tous les autres membres du groupe. Cette consigne de la solidarité sera d'ailleurs tellement bien respectée que, pendant les huit mois que dureront les procédures, aucun des cultivateurs n'essayera d'alléguer que lui n'avait pas tiré ou d'inculper quelqu'un d'autre pour s'innocenter.

Pierre sortit de sa réflexion juste à temps pour entendre Ladouceur murmurer d'un air pensif, comme s'il se parlait à lui-même :

« Faudrait qu'un bon jour, quelqu'un de nous autres ou de nos enfants écrive l'histoire de c'te nuite-là. »

❖

Pendant que pour les cultivateurs la nuit s'étirait en une aube grise et morne, les policiers s'affairaient à préparer leurs rapports. Sur place, ils avaient délimité un périmètre de restriction marqué d'un ruban jaune. Ils passaient ce secteur au peigne fin et avaient fiché tout ce qu'ils y avaient trouvé : mitaines, tuques, crochets et, surtout, plusieurs douilles. Ils avaient aussi inspecté les véhicules des cultivateurs et y avaient saisi des cartouches et des douilles, ce qui laissait supposer que plusieurs coups de feu avaient dû être tirés de l'intérieur des voitures par les portières ouvertes ou les vitres baissées. Enfin, ils avaient soigneusement fouillé la cabane, où ils avaient découvert une autre carabine cachée sous un lit. En tout, ils avaient donc saisi 11 carabines de calibre .22, .303 et .30-30, deux fusils de calibre 12 et .410 et un revolver de calibre .38. Les armes furent dûment étiquetées avec le calibre, la marque, le lieu, la date et l'heure de leur saisie, ainsi que le nom de leur propriétaire. Quand il fit suffisamment jour, vers 9 h 45, les policiers prirent également une vingtaine de photos des lieux. Puis le sergent Dixon entreprit de rédiger le premier d'une longue série de rapports sur les événements de Reesor Siding, en détaillant en particulier la chronologie des événements.

Ces rapports, très factuels, sont pourtant empreints d'un désir, conscient ou non, d'embellir le rôle de la police, comme en témoigne l'extrait suivant, tiré du rapport du commissaire daté du 25 février 1963.

[...] I have concluded that our officers on duty at the scene of the riot are deserving of the highest commendation.

Peut-être bien. Les policiers ont sans doute fait ce qu'ils ont pu. Auraient-ils dû se servir de leurs armes pour repousser les grévistes? La confrontation se serait peut-être terminée exactement de la même manière, mais avec les policiers au banc des accusés. Non, les policiers qui étaient là ont sans doute accompli leur devoir. Le problème, c'est d'abord qu'ils n'étaient pas assez nombreux. Pourtant la confrontation était prévisible et prévue même par la police et les médias locaux. Ensuite, il aurait fallu des policiers qui parlaient français et comprenaient ce qui se passait. Mais l'Ontario de 1963 préférait les francophones en porteurs d'eau et en scieurs de bois plutôt qu'en policiers et en fonctionnaires, et les rares anglophones qui parlaient français ne s'en faisaient pas une gloire. Résultat, les bûcherons se sont entretués en français pendant que les policiers ont fait leur devoir et leurs rapports en anglais et n'ont compris qu'après coup ce qui s'était passé.

La rumeur veut qu'au moins un des policiers présents à Reesor Siding le soir du 10 février titubait et empestait l'alcool. Le fait n'a jamais été mentionné ni en cour ni dans les rapports de police, et pour cause! Mais il reste très plausible, quand on songe que plusieurs de ces policiers ne devaient pas travailler ce soir-là et ont été appelés d'urgence pour prêter main-forte à leurs collègues.

Il ne fait aucun doute que les 20 policiers en poste à Kapuskasing en janvier et février 1963 étaient trop peu nombreux, surmenés, sollicités de toutes parts et blâmés, tout à la fois. Peut-on se surprendre que leur conduite n'ait pas été entièrement irréprochable dans de telles circonstances ?

÷

La nouvelle de la fusillade s'ébruita rapidement. Dès le 11 février, elle faisait la manchette des principaux quotidiens du pays, dont *Le Droit* qui titrait : « Trois bûcherons tués à Kapuskasing. »

La grève, qui n'avait été jusque-là qu'un événement d'intérêt local, prenait tout à coup une envergure nationale. *Le Globe and Mail*, *La Presse* et *Le Devoir*, en plus de donner la priorité à cette nouvelle, expédiaient en vitesse des journalistes à Kapuskasing. Les médias se demandaient tous comment un tel gâchis avait pu survenir et blâmaient à mots couverts – quand ce n'était pas ouvertement – les autorités syndicales, le gouvernement de l'Ontario et les forces policières. Les commentaires du député de Cochrane-Nord à Ottawa, recueillis par *Le Droit* dans un article du 13 février intitulé « Situation regrettable selon M. J.A. Habel », reflétaient bien le sentiment général.

> *Il reste cependant, dit le député, que le gouvernement provincial de l'Ontario a certainement hésité à agir avec la promptitude que justifiait la terrible situation dans laquelle se trouvaient placées les familles des cultivateurs et colons...*

Dans un autre article paru aussi le 13 février dans *The Kapuskasing Press*, section du *Daily Press* de Timmins, le même J.A. Habel blâmait carrément la direction du syndicat. Après avoir titré « M.P. Contends Labrecque Unable to Control Own Unionists », le journaliste rapportait :

> *J.A. Habel Liberal member of Parliament in the last house, of Cochrane, today lashed out at LSWU Local president Yves Labrecque, of Kapuskasing, as a man unable to control his own union members.*

Ce que le député de Cochrane-Nord ne savait pas, mais qui n'aurait fait que confirmer son jugement s'il l'avait su, c'est qu'Yves Labrecque avait tout comme lui appris la nouvelle après coup, par un coup de téléphone donné en pleine nuit à sa chambre d'hôtel de Toronto, où il avait passé la fin de semaine.

La veille, l'éditorial du *Daily Press*, propriété de celui qui allait bientôt devenir un magnat de la presse et être anobli par la reine sous le nom de Lord Kenneth Thomson of Fleet of Northbridge, avait dénoncé vertement le syndicat, soulignant particulièrement le caractère illégal de la grève, l'inaction du gouvernement et l'attaque injustifiée des grévistes contre la propriété privée. Il absolvait presque entièrement les colons d'avoir tiré.

> *[…] And, this handful of men was standing guard beside the stacks, result of hours and hours of toil.*
>
> *What would their thoughts be as they saw 500 men surging toward them, even brushing past police? They could be sure the visitors were not bearing gifts. But they could not be sure that they would not be rough-housed.*
>
> *True, the shooting could not be condoned, but terror at the milling, angry crowd could be recognized.*
>
> *From the first, it has seemed unfair that independent*

*workers were made to suffer because organized labor was
dissatisfied. These men and their families face starvation if
they cannot get their wood out of the bush before the end of the
month [...].*

Même en tenant compte du conservatisme et de l'anti-
syndicalisme notoire du journal, on peut dire que cet éditorial résumait assez justement le sentiment que véhiculaient
les médias : les cultivateurs n'avaient fait que se défendre.

Quant au rôle de la police, le *Daily Press* n'eut même
pas à le fustiger : un autre titre de ce même numéro du
12 février révélait en gros caractères : « 200 Extra Police
Move In ».

L'ironie ne fut perdue pour personne : comme d'habitude, la police arrivait en force après que tout était fini !
Mais nombreux étaient ceux qui songeaient avec dépit à
la différence que ces 200 policiers auraient pu faire s'ils
étaient arrivés ne serait-ce que deux jours plus tôt.

À Kapuskasing et dans la région immédiate, la nouvelle
eut l'effet d'une bombe. Au magasin général d'Opasatika
où Osias Ménard, le père de Pierre, s'était rendu tôt le
lundi matin, les journaux n'étaient pas encore arrivés. On
colportait que 12 hommes avaient été lâchement assassinés
et que l'hôpital de Kapuskasing ne suffisait pas à la tâche
d'accueillir les blessés. Des juges de village laissaient tomber des verdicts et des condamnations sans appel. Ainsi
Arthur Rondeau, qui tonnait devant les clients médusés :

« Ces gars-là devraient toutes être pendus. Tirer sur
du monde même pas armé. Pis pendus, c'est même pas
assez, on devrait les torturer avant. »

Heureusement, personne ne savait encore que Pierre
était parmi « ces gars-là ». Même son père l'ignorait
encore. Il ne l'apprendrait que vers midi.

En sortant du magasin, il rencontra son frère qui arrivait. Son bonjour lui resta dans la gorge quand il vit le regard de haine que l'autre lui jetait : Octave Ménard avait deux fils à l'emploi de la Spruce Falls et il avait déjà appris l'incarcération de son neveu. De toute leur vie, les deux frères ne se reparleraient plus jamais.

Plusieurs, qui avaient ouvert la radio par hasard, en apprenant la nouvelle que CFCL diffusait régulièrement au moyen d'un bulletin spécial qui venait interrompre à tout moment la programmation régulière, se précipitaient vers le téléphone. Comme toutes les campagnes étaient encore desservies par des lignes partagées et que nos mères et nos grands-mères se faisaient un devoir de tout connaître des problèmes des voisins pour pouvoir y compatir (quoi qu'on en pense, ce sont elles et non les ingénieurs de Bell qui ont inventé les conférences téléphoniques), bientôt donc, tout le monde était au courant.

Au Collège de Hearst, la nouvelle fut annoncée aux 215 pensionnaires par le directeur, Joseph Tanguay, au déjeuner, tout de suite après le *Deo gratias* qui les autorisait à rompre le silence. Tous en oubliaient de parler. Beaucoup d'entre eux avaient un père, un frère, un cousin, un ami parmi les grévistes ou parmi les membres du chantier coopératif. Mais ils n'avaient aucun détail, même pas le nom des morts. Pendant plus de 24 heures, ils ont dû vivre dans cette incertitude en se disant pour se réconforter que, si un proche était mort ou blessé, on les en aurait avisés. Ils avaient encore à apprendre qu'il y a bien des façons de blesser et même de faire mourir quelqu'un et que la plupart ne font pas la manchette des journaux.

❖

Le premier rapport médical faisait état de deux morts et de neuf blessés qui furent l'objet de soins à l'hôpital. Cependant le bilan ne tarda pas à s'alourdir. L'un des blessés, Joseph Fortin, 35 ans, avait eu l'artère fémorale sectionnée par une décharge de fusil. Comme il perdait beaucoup de sang, les policiers lui avaient installé un garrot sur place. Mais le garrot s'était défait pendant le trajet à l'hôpital et l'hémorragie avait eu raison de sa forte constitution. Il était décédé au cours de la nuit. Il était le frère d'une autre victime, Irenée Fortin, 25 ans, décédée presque instantanément de lésions au cerveau causées par une balle de carabine. La troisième victime, Fernand Blouin, 27 ans, avait succombé sur le coup à six blessures par balles au niveau de la poitrine. Le bilan final fut donc établi à trois morts et huit blessés. La plupart des blessés reçurent leur congé de l'hôpital dans les 24 heures qui suivirent leur admission; deux seulement durent être hospitalisés pendant plus d'une journée.

Le rapport du médecin légiste fut remis à la police le matin du 12 et, peu après, celle-ci émettait un communiqué officiel laconique sur l'identité des victimes.

Dès qu'on sut qu'ils étaient tous les trois originaires du Québec (Saint-Elzéar pour Blouin et Palmarolle pour les frères Fortin), une rumeur absurde mais tenace se mit à courir selon laquelle ils étaient tous les trois des fiers-à-bras importés tout spécialement pour intimider les cultivateurs.

« Des faiseux de trouble, des gros bras venus mettre la bisbille en Ontario. »

Pourtant les deux frères donnaient leur adresse permanente à Nipigon en Ontario, où ils avaient travaillé plusieurs années pour la St. Lawrence Power and Paper Co.

et où résidaient toujours leurs épouses. Pour sa part, Blouin travaillait dans la région depuis plusieurs années et avait à Opasatika une adresse permanente depuis sept ans et une fiancée depuis les Fêtes. Tous trois travaillaient pour la Spruce Falls au moins depuis le début de la saison d'abattage et même depuis plus longtemps dans le cas de Blouin. Pour accorder crédit à la rumeur selon laquelle ils avaient été invités à Kapuskasing exprès pour y semer la zizanie, il fallait vraiment croire que le conflit avait été prévu de très longue main! Pourtant, même si cette hypothèse ne résiste pas à l'analyse, elle a eu la vie dure et il existe probablement encore aujourd'hui des gens pour prétendre qu'il s'agissait d'étrangers, de fauteurs de trouble qui n'ont eu que ce qu'ils méritaient.

La première fois qu'Hermas Latulipe entendit cette accusation, il s'insurgea :

« Des étrangers ? Des étrangers ? À ce compte-là, on est toutes des étrangers, à part des Indiens peut-être. Nous autres dans le fond, on est rien que des Québécois qui sont rendus en Ontario. Ces gars-là étaient pas plus malfaisants que n'importe qui. Y'ont juste été plus malchanceux. »

En lui-même, il ajouta :

« Blouin, c'était un meneur. Y parlait fort pis y'aimait ça être en avant. C'est pas trop surprenant qui se soye retrouvé à' tête de la gang. Les Fortin, c'est plus un adon. C'était des gars qui avaient pas frette aux yeux, mais qui parlaient pas beaucoup. Si y'en a qui nous ont monté la tête, c'est pas eux autres. »

Maintenant que le raid de la veille était terminé et son résultat connu, l'ancien cultivateur se reprochait amèrement d'y avoir participé.

« J'me sus laissé embarquer. J'aurais pas dû écouter Jim. Rosaire a été plus intelligent que moué, lui, y'est revenu direct à' maison. »

En pensée, il revit Jim O'Donnell les poings en l'air, vociférant des menaces, convaincu et convaincant comme le curé Cournoyer dans ses prêches. Il pensa :

« C'est pas toujours les plus coupables qui payent ! »

❖

Quand il apprit la nouvelle en arrivant au bureau, Clifford Thompson ne dit rien. D'ailleurs, pendant toute cette journée du 11 février, il resta remarquablement et anormalement silencieux.

❖

Vers 17 heures, la porte de la cellule s'ouvrit et Pierre apprit qu'il allait être libéré. Son soulagement fut immense. Pourtant il dut ronger son frein encore long-temps. D'abord un avocat de Kapuskasing, un certain Lanthier que Bouillon leur présenta comme leur avocat, les rencontra tous en groupe.

« Y viennent de porter contre vous autres des accusa-tions d'avoir tiré avec l'intention de blesser. Faites-vous-en pas trop avec ça, vous allez être bien défendus. Les accu-sations, c'est normal. Y pouvaient quand même pas vous libérer juste comme ça. Y fallait un procès pour éclairer tout ça. Mais c'est pas des accusations trop graves pis, vu les circonstances, vous avez toutes les chances de votre bord. Y'a quelqu'un qui a accepté de payer la caution de 500 $ pour chacun de vous autres, ça fait que pour tout de suite, vous allez être libérés. Un conseil : allez-vous-en direct chez vous pis sortez-en pas. Pas de chicanes, pas de batailles, pas de déclarations, surtout aux enquêteurs ou aux journaux. Rien. Faites les morts.»

Bouillon grimaça. De sa propre initiative, il venait juste de rédiger et de signer une déposition qu'il avait remise au chef de police.

Pierre dut signer un formulaire pour rentrer en possession de ses objets personnels. C'est avec satisfaction qu'il put remettre les lacets à ses bottes.

Un policier fit ensuite lecture à chacun de la mise en accusation et des conditions de libération en présence de l'avocat et du sympathisant qui versait la caution. Pierre découvrit enfin qu'il s'agissait de Florent Leduc, un beau-frère de Ladouceur et surtout le marchand qui approvisionnait le chantier coopératif.

«Ah bon! C'est pas juste par bonté d'âme!»

Comme on recommençait la lecture à chacun des détenus et qu'ensuite il devait signer comme quoi lecture lui avait été faite, la procédure s'éternisait et Pierre bouillait d'impatience. D'autant plus que, pour les deux ou trois qui ne comprenaient pas l'anglais, l'avocat dut traduire mot à mot.

«Tu parles d'une cérémonie! Ça va-tu finir par finir?»

Au cours des mois à venir, Pierre allait apprendre à bien connaître et à détester suprêmement les lenteurs et le style ampoulé du système judiciaire.

Enfin vers 18 h, il put partir et une voiture de police le reconduisit chez lui. En sortant dehors, il aspira avec délice l'air pur de l'hiver.

«Ça sent meilleur que la pisse du petit Mercier.»

Il se sentit fatigué tout à coup et s'avisa qu'il n'avait pas dormi depuis plus de 36 heures. Pierre entendrait dire plus tard qu'il devait sa libération à une rumeur qui circulait, selon laquelle les grévistes, rendus furieux par la clémence des accusations, allaient attaquer la prison cette nuit-là et faire un sort aux « meurtriers ». Les renforts attendus n'étaient pas encore arrivés et le chef de police aurait pris peur. S'estimant incapable de défendre la prison contre un coup de force de l'extérieur (les prisons sont conçues pour empêcher d'en sortir, pas pour empêcher d'y pénétrer), il aurait jugé préférable de laisser partir ses prisonniers, malgré le risque qu'on les moleste. Comble de couardise, il aurait attendu le soir pour que la remise en liberté passe aussi inaperçue que possible grâce à l'obscurité. La rumeur était sans doute sans fondement et la prison vide ne fut jamais attaquée. D'ailleurs, ce n'était pas lui mais le procureur du district qui décidait de l'incarcération ou de l'élargissement des accusés. Pourtant, c'est la version que le magazine *Maclean's* accréditera dans son article « Violence and Death Strike Ontario's Quiet North Country ». Mais les rumeurs ne s'embarrassent pas d'aspects légaux et tout, dans cette histoire, était devenu flou, potins invérifiables ou pures hypothèses, notamment les élucubrations que les journaux et les revues présentaient comme des faits.

Chez les grévistes, une autre rumeur circula pendant quelques jours voulant qu'un policier aurait été blessé ou tué. Confirmée par plusieurs témoins oculaires, elle dut peut-être son origine à un policier qui se serait jeté par terre en entendant claquer les coups de feu et qu'on aurait cru touché. Même si ni les médias ni l'enquête n'en firent jamais mention, elle continua longtemps d'être propagée comme l'un des mystères de cette ténébreuse affaire. D'autres grévistes firent courir le bruit qu'ils avaient été chanceux finalement de ne pas aller plus loin parce que tout cela n'était qu'un piège, que les piles de bois étaient minées à la dynamite et que, quelques jours auparavant, à l'hôtel Opaz, un nommé Morin avait provoqué des grévistes pour les y attirer et les faire exploser! La machine à rumeurs allait bon train.

De retour chez lui, Pierre dormit mal cette nuit-là, d'un sommeil entrecoupé de cauchemars mais, au moins, il dormit dans son lit.

Chapitre XIII

P ierre ne profita pas longtemps de sa remise en liberté. Il commença par dormir 16 heures d'affilée et il
n'était debout que depuis quatre ou cinq heures quand
un policier, au téléphone, lui enjoignit de faire sa valise et
de se préparer parce qu'on allait bientôt venir le chercher.
Il n'avait eu que le temps de répondre aux interminables
questions de son père, qui voulait tout savoir du drame, et
de tenter de rassurer sa mère au bord de la crise de larmes.
Elle n'était pas encore revenue d'un téléphone anonyme
reçu la veille pendant que Pierre dormait. L'individu avait
proféré des menaces : Pierre n'avait qu'à bien se tenir parce
qu'il allait se faire « arranger le portrait » à sa sortie de prison. De toute évidence, il ne savait pas que Pierre avait été
remis en liberté. Sa mère avait aussi peur du système judiciaire auquel elle prêtait, n'ayant jamais eu affaire à lui, des
motivations intéressées et des rouages tortueux.

« Pis si y vous condamnent à prison pour la vie ? Bonne
Sainte Vierge, je pourrais pas supporter ça, te savoir en
prison pour toujours !

— Ben non, moman ! L'avocat nous a dit que les charges
étaient pas trop graves. »

Il n'avait pas à jouer la comédie pour paraître optimiste devant sa mère. Maintenant qu'il était bien reposé, sa situation lui semblait moins catastrophique que la veille. Il avait même du mal à croire à sa réalité. Mais l'appel du policier l'y replongea tout entier.

Voici en résumé ce qui s'était passé. Dès que furent convenus la libération des cultivateurs, le montant de leur caution et la nature des accusations portées contre eux, un tollé de protestations s'était élevé, surtout chez les grévistes, d'autant plus fort que ceux-ci venaient d'être avisés qu'ils feraient aussi face à des accusations. En apprenant la nouvelle, Hermas Latulipe avait réagi avec sa fougue habituelle.

« Ben ça c'est le boute ! On se fait tirer dessus, blesser, tuer, pis c'est nous autres qui va être accusés ! »

Ils avaient fait pression sur Yves Labrecque qui, pour les satisfaire, avait appelé le procureur général de l'Ontario, Fred Cass. Celui-ci à son tour avait appelé son collègue, le « Crown Attorney » du district de Timmins, S.A. Calbick, celui-là même qui avait initialement porté les accusations, et l'avait convaincu de les reconsidérer.

Il fallut plus de 24 heures pour regrouper les accusés. Le 14, il en manquait toujours un, Paul-Eugène Bouillon, dont on disait qu'il était allé reconduire sa femme à l'hôpital à Montréal. En réalité, il était allé consulter son archevêque et mettre à l'abri sa nombreuse famille, qui comptait maintenant six enfants. Ses détracteurs le croyaient en fuite et exigeaient qu'on organise une chasse à l'homme. C'était mal le connaître et, dès le 15 février, il était de retour à Kapuskasing, contactait l'avocat du groupe et se rendait en sa compagnie au poste de police.

Le 19 février, des accusations furent portées contre un

vingtième cultivateur, Jean-Marie Larose de Val Rita. Il s'était vanté en public d'avoir été présent lors de la fusillade. La police en avait eu vent et était allée l'interroger. Larose, fort en gueule, avait confirmé et, non content de s'incriminer lui-même, avait impliqué un autre bûcheron du chantier, Edmond Drolet, de Coppell. Drolet avait reçu la visite des enquêteurs, mais il avait refusé de parler. On n'avait donc rien pu retenir contre lui, mais on avait incarcéré Larose, l'incorrigible bavard, et il subirait son procès avec les 19 autres. Voilà ce que c'est que d'avoir la langue trop bien pendue! Il n'a jamais été établi clairement que les deux hommes étaient présents ou non lors du drame. Ce qui est clair cependant, c'est qu'ils étaient arrivés et repartis ensemble dans la même voiture. Pourtant un seul des deux ferait face aux accusations.

À mesure que les membres du chantier coopératif revenaient sous les verrous, ils étaient transférés à la prison de district d'Haileybury par petits groupes en voiture de police. Le 12, ils étaient dix ; le 13, 18 d'entre eux étaient rendus à Haileybury. Le 15, Bouillon arrivait à son tour et, le 19, Larose vint compléter le groupe. Dès leur arrivée, on les faisait déshabiller complètement et on leur remettait un uniforme gris de prisonnier avec de grosses bottines de cuir. Puis on donnait à chacun lecture du nouvel acte d'accusation et on lui faisait signer le formulaire habituel. Pierre avait frémi en entendant le libellé «non-capital murder», que l'avocat Lanthier traduisait par «meurtre sans préméditation». Ainsi, il était accusé de meurtre! Mais il n'avait rien fait! Comment pouvait-on le rendre responsable de la mort de quelqu'un?

«Maman a peut-être raison de s'en faire. Ç'a l'air d'un maudit système pourri!»

L'incarcération elle-même était moins pire qu'il ne l'avait cru. Les cellules étaient propres, assez spacieuses, et le lit plus confortable que celui du chantier. La nourriture était fade mais abondante. Les hommes avaient beaucoup de temps libre, qu'ils pouvaient passer en groupe à discuter, lire, jouer aux cartes ou faire tout ce qu'ils voulaient. Par bravade, quelques-uns affectaient de prendre cette relâche du travail comme des vacances :

« En tout cas, disait Bernier, c'est moins dur que bûcher dans neige jusqu'au ventre. »

« C'est vrai qu'on a pas de misère, pensait Pierre, mais y'a ben d'autres manières de passer des vacances que j'aimerais mieux que celle-là. Maudit que c'est plate. »

Il avait fait son deuil de son salaire de l'hiver et de la voiture qu'il comptait acheter. Il s'interdisait aussi, sans toujours beaucoup de succès, de penser à Madeleine. Il savait qu'entre eux, tout était fini, mais il avait tellement de temps pour penser à elle que, dès qu'il se laissait aller, il la parait de toutes les qualités.

Il devenait fataliste.

« C'était trop beau pour être vrai. »

Une routine s'installait. Quelques-uns, parfois, recevaient des visiteurs, mais Pierre, lui, n'en recevait pas. Bouillon organisait des réunions de discussions et de prières au cours desquelles il en profitait pour prêcher. Il essayait de remonter le moral des hommes en les présentant comme les défenseurs du droit au travail et de la propriété privée. À certains, ses paroles semblaient faire du bien. Mais à Pierre, elles tapaient sur les nerfs.

« Y charrie pas mal fort ! On est pas des criminels mais on est pas des héros non plus. »

Les semaines passaient. Pierre comptait les jours

depuis qu'on avait annoncé que l'enquête préliminaire commencerait à Kapuskasing le 1er avril. Il allait enfin se passer quelque chose.

Dans les premiers jours de mars, Pierre s'aperçut que Malette n'était pas dans son assiette. Parfois il soupirait à fendre l'âme ou pleurait à gros sanglots. Il s'isolait et ne parlait plus à personne. Il ne répondait même plus quand on s'adressait à lui. Il semblait avoir de la difficulté à marcher et boitait terriblement.

« C'est comme rien, y'est en train de déprimer, lui là ! »

Pierre s'en ouvrit à Ladouceur et, à eux deux, ils obtinrent pour Malette la visite d'un aumônier et un examen médical. On découvrit que ses chaussures de prisonnier, trop petites pour ses grands pieds, le blessaient. Il dut être hospitalisé. Mais sa dépression dura pendant l'incarcération, le procès et bien au-delà. En fait, Malette ne devait jamais s'en remettre tout à fait.

La neige commençait à fondre dans la cour de la prison quand, le 1er avril, on alla chercher les accusés en autobus pour les emmener à Kapuskasing. L'enquête préliminaire allait débuter.

⁂

Pendant ce temps, bien des événements s'étaient déroulés à l'extérieur de la prison, auxquels Pierre et ses compagnons n'avaient pas assisté, mais dont ils avaient eu connaissance par le truchement de la radio et des journaux. Pour ce qui est de la grève, le gouvernement avait agi avec une célérité digne d'éloges en lançant un ultimatum aux deux parties dès le 12 février : « Ou vous acceptez l'arbitrage ou le gouvernement vote une loi spéciale pour l'imposer ». Le syndicat et la compagnie s'inclinèrent. La négociation reprit le 13 février et un accord de principe fut conclu le 14 en présence des deux conciliateurs nommés par le gouvernement, Colin Bennett d'Owen Sound et John Deutsch, vice-recteur de l'Université Queen's. Le 15, les syndiqués de Longlac votaient à 90 % en faveur d'un retour au travail et le 16, à Kapuskasing, 753 grévistes votaient dans le même sens alors que 51 seulement s'y opposaient. Le 17 février, six jours après la fusillade, la grève était terminée et tout le monde était au travail. Le syndicat avait obtenu le même contrat à Longlac et Kapuskasing, mais la compagnie avait conservé le droit de faire travailler les hommes les fins de semaine. En rétrospective, on constate que personne n'a gagné grand-chose parce que les positions étaient déjà très proches l'une de l'autre avant la grève. L'enjeu de ce bras-de-fer n'était peut-être pas là, de toute façon. Il est permis de penser que si le gouvernement avait laissé le syndicat organiser les bûcherons à l'emploi des entrepreneurs et avait obligé la compagnie à payer le même prix aux détenteurs de permis de colon que ce qu'il lui en coûtait pour faire bûcher sur ses propres concessions, tout ce conflit aurait pu être évité. En effet, une étude de 1994 établit que la Spruce Falls payait les colons 22,51 $ la corde en 1963 alors que le bois abattu sur son propre territoire par les syndiqués lui coûtait 30,73 $ la corde. Il n'est donc pas surprenant que le syndicat ait considéré les cultivateurs comme des travailleurs à rabais qu'il fallait éliminer. Les indépendants n'ont été dans toute cette affaire que des pions dont la compagnie s'est servie avec la complicité tacite du gouvernement conservateur de l'Ontario pour résister aux légitimes revendications du syndicat. Quant aux cultivateurs, exploités par la compagnie, intimidés et harcelés par le syndicat, ignorant même souvent le sens de son action, ils se sont trouvés coincés et ont réagi avec violence. La précarité de leur position, bien connue à l'échelle locale, n'a été mise en lumière à plus grande échelle qu'au lendemain de la fusillade. De la part de la compagnie américaine, on ne pouvait attendre autre chose que cette cupidité, ce froid calcul qui l'a incitée à lancer les factions l'une contre l'autre pour mieux les dominer. Mais pourquoi a-t-il fallu cet immense drame aux milliers d'acteurs dont 400 émeutiers, 20 accusés, trois morts et huit blessés pour que le gouvernement se réveille enfin et comprenne sa responsabilité dans la gestion de la crise ?

❖

Le lendemain de la fusillade, il avait déjà été décidé que l'on porterait aussi des accusations contre les grévistes. Le procureur général hésita d'abord entre celles de voies de fait ou d'atteinte à la propriété privée, mais tout portait à croire que les grévistes n'avaient en fin de compte touché personne et n'avaient même pas déplacé une seule bûche dans la nuit du 10 au 11 février. Il se rabattit donc sur une accusation plus générale d'avoir fomenté une émeute.

Le premier problème était d'établir la liste de ceux qui avaient participé au raid de Reesor. La police avait quelques noms, mais elle était loin de les avoir tous. Après la fusillade, la plupart avaient filé sans demander leur reste. Il fallut donc se fier au témoignage de ceux qu'on connaissait et à la bonne volonté de ceux qui se manifesteraient d'eux-mêmes. Le 13, on établit une cour d'exception au sous-sol du Kapuskasing Inn pour enregistrer les noms. La chose fut bien près de tourner à la mascarade : des grévistes défilèrent fièrement dans les rues comme un 24 juin ou un 1ᵉʳ juillet. À certaines heures, personne ne venait; à d'autres, les gens arrivaient dans le désordre le plus total et en si grand nombre que les enquêteurs ne s'y retrouvaient plus. Ils réussirent pourtant à établir une liste de 224, puis 242 noms, à laquelle d'autres encore viendraient s'ajouter dans les jours suivants. On organisa pour le 15 une comparution dans la salle du cinéma Strand, où on lirait une fois pour toutes l'acte d'accusation (il aurait été fastidieux de répéter la lecture pour chaque accusé, comme c'était la coutume) et où on recueillerait l'argent de la caution. Celle-ci avait été fixée à 200 $ par accusé. Comme ils étaient tous en grève depuis un mois et que l'argent liquide était rare, presque personne ne versa la caution, et ceux qui le firent durent subir le mépris des autres. Peut-être aussi agissait-on ainsi pour embêter les autorités: si des accusés ne versent pas la caution, ils doivent être incarcérés. Que ferait-on à Kapuskasing avec près de 300 prisonniers et une prison pour dix? Mais on avait prévu le coup et retenu les services d'une dizaine d'autobus pour conduire tout ce beau monde dans un ancien camp de prisonniers de guerre à Monteith, à une centaine de milles à l'est de Kapuskasing. Or, dès le lendemain, un porte-parole du syndicat se présenta avec les quelque 50 000 $ nécessaires pour payer la caution de tous les accusés, qu'il fallut alors ramener à Kapuskasing où les autobus les firent débarquer en pleine rue à 3 h du matin par une température de 30 degrés sous zéro. La date du procès fut fixée au 15 avril.

⁜

Pour calmer son anxiété, pour avoir l'impression de faire quelque chose ou peut-être pour trouver les arguments qui innocenteraient son fils, la mère de Pierre s'était mise à éplucher les journaux et les revues. Elle découpait systématiquement tous les articles se rapportant à l'affaire qui lui tombaient sous la main et les rangeait dans une boîte à chaussures sur la tablette de sa garde-robe sans se douter qu'un jour, ses archives improvisées serviraient de base à une étude des événements de Reesor Siding.

Ils étaient nombreux, les articles qu'elle découpait, annotait parfois, se faisait traduire par ses enfants s'ils étaient écrits en anglais, et dans lesquels elle soulignait les passages qui l'avaient frappée avant de les ranger dans sa boîte à souliers.

Il y avait entre autres cet article du *Northland Post* de Cochrane, daté du 21 février, qui blâmait le gouvernement de son inaction, une dizaine d'articles du *Daily Press* de Timmins et deux articles du *Canadien* de Kapuskasing, dont le premier en particulier l'avait fait frémir. Daté du 20 février, l'article est présenté comme un article du *Devoir*, reproduit à la demande de Jos Lavoie de Moonbeam. Il contient plusieurs inexactitudes – par exemple, en situant la fusillade «vers midi et demie» – et des affirmations gratuites dont les suivantes :

> [...les colons] *profitent de la grève pour faire des affaires avec les papetières [...]*
>
> [...les grévistes] *sont victimes d'une campagne de propagande menée par les autorités civiles de la région et les porte-parole des revendeurs et des camionneurs.*
>
> [...] *le syndicat venait en aide aux colons et aucun d'eux n'était en danger de crever de faim.*

L'article verse aussi dans le sensationnalisme en citant une infirmière qui aurait dit que :

> *[…] l'un des cadavres était perforé comme un tamis depuis les hanches jusqu'au bas des jambes.*

Devant autant de parti pris et de sensationnalisme auprès desquels l'article du *Allô police* du 24 février fait figure de modèle de sérieux et de retenue, le crayon de Mme Ménard avait souligné, biffé et ponctué de points d'exclamation et d'interrogation avec frénésie.

L'autre article du *Canadien* cite en entier le discours prononcé le 6 mars par René Brunelle devant l'Assemblée législative ontarienne. Le député de Cochrane-Nord y reconnaît la responsabilité de son gouvernement lorsqu'il affirme :

> *[…] en nous abstenant d'agir, nous avons manqué à notre devoir.*

Il cite le code, défend le rôle des policiers, s'en prend au maraudage des piqueteurs, suggère des amendements à la loi et la révision du système d'octroi des permis de colon. En bon politicien, il ne prend pas parti et Mme Ménard dut rester sur sa faim.

La plupart des articles, ceux du *Droit*, du *Daily Press* de Timmins, du *Globe and Mail* et du *Telegram* de Toronto, sont sympathiques aux cultivateurs qu'ils présentent comme des victimes d'un conflit qui n'est pas le leur. Le *Telegram* reproduit en photo une affiche retrouvée sur les lieux du drame où l'on peut lire « À MORT LES SCABS ». Mme Ménard en fut toute ragaillardie : la légitime défense pouvait être invoquée. À l'inverse, cet article du numéro d'avril 1963 de la revue *The Carpenter* lui donna froid dans le dos quand sa fille lui traduisit le passage suivant :

Why should the non-union part-time loggers shoot down the striking union men when the value of the wood cut is based on the wages and working conditions negotiated by the very men they killed?

En marge de ce passage, elle écrivit en rouge en gros caractères : « Parce qu'ils les ont attaqués ! »

À part elle, elle songeait :

« Tu parles d'une question niaiseuse ! »

Chapitre XIV

« Ça ressemble quasiment aux séances qu'y'a dans' cave de l'église. »

Pierre trouva très juste cette comparaison de Lauzon entre l'enquête préliminaire qui s'ouvrait dans le cinéma Strand de Kapuskasing et les pièces de théâtre amateur qu'on jouait régulièrement dans les paroisses à l'époque. Pour le décor, on avait fabriqué une estrade provisoire où siégeait le juge Gardner en toge. À sa gauche se tenaient l'huissier et le greffier. Devant se trouvaient les avocats – celui de la défense, un nommé Haffey que Lanthier avait recruté à Toronto, et celui de l'accusation, le procureur Caldbick –, costumés eux aussi, prêts à jouer leur rôle. Pierre savait faire partie de la distribution. Comme les autres accusés, on lui avait demandé de porter l'habit et la cravate pour faire bonne impression et, ainsi endimanchés, les colons avaient l'air gauches et empesés. Derrière eux, le public attendait impatiemment le spectacle. Mais Pierre avait la désagréable sensation de ne pas connaître son rôle.

L'huissier parut tout d'abord mener le bal en faisant lever tout le monde à l'entrée du juge. Pierre regarda attentivement ce vieil homme digne qui tenait leur vie à tous entre ses mains. C'est lui qui prit la relève pour donner la parole au procureur. Caldbick parla longtemps, lut les accusations et les commenta. Puis on procéda à l'identification des accusés, qui devaient se lever et répondre à plusieurs questions au sujet de leur nom, leur âge et leur lieu de résidence. Pierre s'impatientait.

«On a déjà fait ça 20 fois. Y va-tu finir par aboutir!»

Le pire c'est que tout se passait en anglais et que plusieurs des accusés ne le comprenaient pas et le parlaient encore moins. L'avocat Lanthier interprétait, ce qui doublait la longueur de la procédure. Pierre bouillait d'impatience. On était déjà là depuis deux heures et il ne s'était encore rien passé. Derrière lui, les spectateurs se lassaient et la salle, comble au début, n'était plus qu'à moitié pleine vers 10 h 30.

Il y eut ensuite un interminable conciliabule à trois entre le juge, la défense et l'accusation. Comme ils étaient près l'un de l'autre, ils parlaient assez bas et, de la salle, on ne les entendait même pas. Quand ils eurent terminé, le juge mit les spectateurs au courant. On venait de s'entendre sur une procédure: pour alléger, l'accusation porterait contre un seul accusé, Bouillon, et concernerait un seul des morts, Blouin. Le juge appelait ça un «test case». Si l'accusation tenait, on l'appliquait à tous les autres. Pourquoi Bouillon? Parce qu'il avait été arrêté avec, à la main, un revolver enregistré à son nom et que les experts avaient établi que ce revolver avait bel et bien été utilisé dans la nuit du 10 au 11 février. Pour tous les autres, on ne pouvait établir aucun lien entre une arme et celui qui s'en était servi. Pierre n'était pas du tout d'accord. Il aurait aimé pouvoir dire qu'il n'avait pas d'arme, lui, qu'il n'était là que par hasard. Dans sa tête, il avait déjà préparé ses réponses, et en anglais en plus. Mais personne ne lui demanda son avis.

On fit venir à la barre des témoins le policier qui était le plus haut gradé ce soir-là à Reesor Siding. Pierre trouva qu'il relatait les faits assez correctement, mais en se donnant le beau rôle.

« We stood up to them as long as we possibly could. »

Il décrivit les grévistes comme des forcenés et monta d'un cran dans l'estime de Pierre en déclarant qu'à son avis, les cultivateurs n'avaient pas eu le choix, que leur santé et même leur vie étaient menacées.

Pierre prit peur quand Bouillon fut appelé à témoigner. Quelles déclarations fracassantes allait-il encore faire ? En prison, Pierre l'avait entendu dire qu'il ne regrettait rien et recommencerait s'il le fallait. Pierre le savait fanatique et buté. Il se méfiait de lui. Mais Bouillon se contenta de répondre aux questions le plus brièvement possible, sans donner son avis sur quoi que ce soit : Lanthier l'avait bien préparé.

En après-midi, les deux avocats s'affrontèrent en un véritable débat oratoire dans lequel Pierre put enfin prendre la mesure de sa situation. Pour le procureur, les cultivateurs avaient tué pour quelques malheureuses bûches. Ils avaient prévu le coup – il n'alla pas jusqu'à dire « prémédité » – puisqu'ils s'étaient armés. Ils auraient pu et dû s'enfuir en voyant venir les grévistes. Ils étaient donc tous coupables de meurtre. Pour Me Haffey, ils avaient au contraire fait tous les compromis possibles, dont celui de louer un terrain pour y entasser leur bois afin de ne pas nuire à la grève. En dépit de leur bonne volonté et de leur transparence – ils avaient avisé le syndicat de leurs intentions –, ils avaient été attaqués sur une propriété privée dûment louée. Comme leur vie même avait été menacée, ils s'étaient tout simplement défendus. Les événements ne montraient-ils pas qu'ils avaient eu raison de s'armer; sinon, comment auraient-ils pu se défendre à 20 contre 400?

Il y eut ensuite une longue pause et, en fin d'après-midi, le verdict tomba. Le juge Gardner reconnaissait que «seul le recours aux armes à feu pouvait arrêter cette cohue». Il disait être convaincu que «des coups d'avertissement avaient été tirés dans le sol et en l'air» avant les coups fatals. Il s'expliquait mal la poursuite de l'attaque.

Jusque-là, tout allait bien et Pierre commençait à mieux respirer. Mais le juge n'avait pas fini. Il ajouta que la cause était «exceptionnellement difficile, non pas du point de vue des faits mais du point de vue de la loi». La question était de savoir si les cultivateurs n'avaient pas utilisé trop de force pour défendre leurs droits. Et puis, il y avait eu mort d'hommes. Il ne pouvait donc écarter la tenue d'un procès en bonne et due forme. Cependant, il ne s'estimait pas suffisamment qualifié pour juger cette cause. En conséquence, il la renvoyait en cour supérieure. Elle serait entendue à Cochrane aux assises d'automne. Pierre et ses compagnons feraient face à trois accusations chacun. La plus grave, celle de meurtre sans préméditation, pouvait encourir une peine d'emprisonnement à vie. La seconde, participation à une émeute, entraînait au maximum six mois de prison, et la dernière, possession et utilisation dangereuse d'une arme, n'était passible que d'une amende. Les accusés avaient le choix entre un procès devant juge et jury ou devant juge seulement.

Me Haffey demanda une pause pour consulter ses

clients. Il leur conseilla d'opter pour un procès avec jury. Personne d'entre eux n'y connaissant quoi que ce soit, Ladouceur se fit le porte-parole des autres pour lui répondre qu'on lui faisait confiance. De toute façon, les cultivateurs étaient tous atterrés, anéantis par la tournure des événements. Ils ne raisonnaient plus.

L'avocat revint faire part de la décision au juge qui ajourna aussitôt. Le sort en était jeté. Pierre serait jugé pour meurtre.

❖

La fin de cette journée fut l'une des plus tristes que Pierre ait jamais vécues. Quand il prit congé de ses parents avant de monter dans l'autobus qui le conduirait en prison, il avait le cœur si gros qu'il pouvait à peine parler.

«Vous embrasserez les jeunes pour moué…»

Autour de lui, d'autres pleuraient carrément en serrant leur épouse dans leurs bras. Malette était effondré sur un banc. Pendant un long moment, ils avaient cru que leur calvaire s'arrêterait là. Mais ils devraient vivre encore six mois avec cette épée de Damoclès suspendue au-dessus de leurs têtes. Pierre eut l'impression qu'on l'avait oublié, que la pièce s'était jouée sans lui. De rage et de dépit, il serrait les mâchoires à s'en briser les dents.

«Toute l'été en prison. Maudit système pourri.»

Il revit le juge enrobé dans sa dignité qui discourait avec aplomb, le policier en uniforme qui témoignait avec assurance et les avocats si attentifs et si convaincants qui argumentaient, le sourire aux lèvres.

«Pour eux autres, c'est rien que leu' job. Y doivent être en train de prendre une bière ou de souper ben tranquillement. Mais moué, calvaire, j'm'en vas passer l'été en prison!»

❖

Le procès des grévistes accusés de rassemblement illégal et d'émeute débuta à Kapuskasing deux semaines plus tard, soit le 15 avril. Les annales judiciaires en conserveraient le souvenir comme celui du plus grand nombre d'accusés jugés en même temps pour le même méfait au Canada, soit 242 personnes. Comme celui des cultivateurs deux semaines plus tôt, il avait lieu dans la salle du cinéma Strand qui, décidément, s'était trouvé ce printemps-là une vocation tout à fait inattendue mais qui n'était pas complètement étrangère à la vocation originale des lieux, celle de présenter des spectacles.

La salle était en fait occupée presque en entier par les accusés eux-mêmes, dont le comportement grégaire et fanfaron tenait plus de la désinvolture du théâtre que du strict décorum de la justice. On parlait, on criait, on circulait pour aller acheter des croustilles, du chocolat ou des liqueurs douces. Le propriétaire, homme d'affaires avisé, gardait sa cantine ouverte pour profiter de la manne au maximum. Comme le juge Gardner ne pouvait tout de même pas faire évacuer les accusés, ils en profitaient pour se tenir le plus mal possible et ridiculiser ainsi le système judiciaire qu'ils estimaient injuste à leur égard. Pendant le processus d'identification, l'appel d'un nom auquel deux grévistes répondirent – ils portaient effectivement les mêmes nom et prénom – souleva l'hilarité générale et créa tout un imbroglio. Plus tard, quand, après avoir lu toute une série de noms à consonance française, le greffier prononça par mégarde un nom bien anglais à la française, un fou rire général s'empara de la salle. Le juge Gardner perdit son calme et, avec la tête d'un professeur que des cancres chahutent, parvint à grand mal à rétablir l'ordre.

Le procès dura trois jours. À la fin de la première journée, on n'avait encore réussi qu'à établir la présence de la majorité des 242 accusés à Reesor le soir du 10 février. Tout le monde, y compris le juge, était bien conscient que plusieurs émeutiers avaient échappé aux accusations. D'un autre côté, on savait aussi que plusieurs accusés avaient à peine eu le temps de descendre de leur voiture et ne s'étaient même pas approchés du lieu de la fusillade. Même le médecin qui avait traité les blessés et auquel on avait demandé de les identifier – de ceux-là au moins, on aurait pu certifier la présence – se déclara incapable de les reconnaître à moins de leur faire subir un examen médical. L'idée de les déshabiller en public pour reconnaître leurs blessures souleva un autre accès de gaieté. On dut se passer des services du médecin.

Comme les accusés refusaient de témoigner, sans doute sur les conseils de leur avocat John Brooke de Toronto, tout le procès se passa entre avocats, juges et policiers. Comme les cultivateurs à leur enquête préliminaire, les grévistes étaient eux aussi écartés de la scène.

La deuxième journée, le juge commença par lever les accusations contre 65 des accusés. Les témoignages des policiers, souvent de deuxième main, semblaient indiquer que plusieurs grévistes n'avaient participé au raid que sous la menace : ils avaient eu peur de perdre la paye de grève de 15 $ par semaine que le syndicat leur versait. Un prénom fit surface à quelques reprises, celui d'un certain Jim, organisateur syndical qui aurait insisté auprès des grévistes, les aurait forcés même à participer au raid.

Les policiers n'en savaient pas plus, ne connaissaient pas son nom complet.

En plus de rapporter les faits et gestes dont ils avaient eu connaissance le soir du 10 février, les policiers lurent un total de 123 déclarations signées par des accusés. Elles se résument presque toutes à la même chose : nous n'avions pas le choix, nous avons été forcés d'y aller sinon nous aurions perdu nos privilèges syndicaux et notre paye de grève. Quelques-unes des déclarations versaient carrément dans le pathétique.

« J'y suis allé parce que j'avais peur que ma famille crève de faim si je perdais ma paye de grève. »

Les quelques tentatives de l'accusation pour souligner plus fortement le rôle de leadership de tel gréviste dans l'organisation du raid furent promptement détournées par l'avocat de la défense et rejetées par le juge. Comme les colons, les grévistes seraient trouvés coupables ou innocentés en groupe.

La marge de manœuvre de l'accusation était mince : il était difficile de prouver que chacun des accusés avait joué un rôle actif dans l'affaire et le juge n'acceptait pas de cas particuliers. Elle borna donc sa tactique à démontrer qu'une émeute avait bien eu lieu et que ces hommes l'avaient organisée ou y avaient participé. Elle n'insista plus sur l'accusation de rassemblement illégal.

Quand le procès se termina le soir du troisième jour, une grande confusion régnait chez les accusés. On ne savait plus très bien qui était accusé et de quoi. Le verdict n'avait pas été rendu et on ne savait pas quand il le serait.

Il le fut à Timmins en l'absence des accusés. Tous étaient déclarés innocents de l'accusation de rassemblement illégal. Par contre, 138 grévistes étaient trouvés coupables de participation à une émeute, offense passible de six mois de prison. Mais le juge affirma que, compte tenu des circonstances, la justice devait faire preuve d'indulgence et que, en conséquence, il n'infligerait comme peine qu'une amende de 200 $ par accusé. Comme cette somme correspondait à celle de la caution déjà versée par le syndicat, les grévistes s'en tiraient tous sans qu'il leur en coûte un sou.

❖

Quand il croyait passer l'été en prison, Pierre se trompait lourdement. Deux jours après la fin de l'enquête préliminaire, leur demande de cautionnement ayant été acceptée, fixée à 5 000 $ et versée par le chantier, les 20 cultivateurs recouvraient la liberté. Pierre rentra chez lui déprimé et désœuvré : le chantier mettait fin à ses activités justement cette semaine-là, en avril plutôt qu'en mars comme d'habitude, à cause du retard que la grève avait occasionné. Jean-François, son compagnon de travail qui venait le visiter, lui expliqua :

« On a fini de sortir le bois ben juste à temps. J'te dis qu'on y a donné ça. Une bonne chance que le frette a duré pis que les chemins ont pas cassé avant avril. Les deux derniers jours, on était dans sloche pis dans bouette jusqu'aux oreilles. Mais on l'a eu. »

Pierre passa donc le printemps et l'été à faire le train et, successivement, les semences, les foins et les récoltes. Mais le cœur n'y était pas. Il ne travaillait pas pour lui-même mais pour son père et il manquait donc d'ambition. Il ne sortait jamais, de peur de rencontrer des grévistes. La seule fois où il se rendit à Kapuskasing, il eut le sentiment qu'on le considérait comme une bête curieuse et il vit quelqu'un qu'il ne connaissait même pas changer de trottoir à son approche. Sa mère dut renoncer à l'emmener même à la messe. Il prétextait la fatigue mais son véritable motif, c'est qu'il ne voulait pas revoir Madeleine et raviver sa peine.

« Ça servirait à quoi ? C'est ben fini tout ça. »

Une idée s'imposait à lui.

« J'ai pus rien à faire icitte. Aussitôt que le procès va être passé, moué je sacre mon camp. »

L'idée n'était sans doute pas mauvaise, à condition bien sûr d'être acquitté. Rien n'était moins sûr. La perspective du procès le terrifiait, celle de la prison encore plus. Il en était obsédé. Renfermé et taciturne, il devenait pessimiste et défaitiste.

« Maudite vie sale. Ça vaut-tu la peine de vivre au moins ? »

Depuis le 11 février, Pierre avait vieilli de 20 ans.

Chapitre XV

L e procès des 20 cultivateurs débuta vers 9 h le 30 septembre 1963 au Palais de justice de Cochrane, présidé par J.C. McRuer, juge en chef de la Cour suprême de l'Ontario. Le décorum était impressionnant quand il fit son entrée dûment annoncée par l'huissier. Aux mots « Ladies and gentlemen, the Court ! », tout le monde s'était levé et toutes les têtes s'étaient tournées vers le magistrat en grande tenue qui prenait place à la tribune. Tout le monde, c'était les cinq avocats, deux pour l'accusation et trois pour la défense, les employés de la Cour, huissier, greffier, sténos, les accusés, une vingtaine de policiers, les jurés, les témoins, les journalistes et près de 800 spectateurs. Pierre en identifia plusieurs qui s'étaient déplacés de Kapuskasing, Val Rita, Opasatika et même Mattice et Hearst pour assister au dénouement du drame. Le jeune homme reconnut dans l'assistance des compagnons de travail du chantier qui lui prodiguaient des sourires de sympathie et des gestes d'encouragement. Un moment, il souhaita apercevoir Madeleine parmi la foule, mais il ne la vit pas et il se morigéna intérieurement pour y avoir même pensé.

La procédure commença comme toujours par l'appel des accusés et la lecture des accusations. Pierre aurait presque pu prédire ce qui allait venir ensuite. Cynique, il songea :

« J'commence à être un expert. Encore trois ou quatre procès comme ça, pis chus bon pour être nommé juge… »

Il crânait. Au fond, une angoisse sourde, indéfinissable, l'étreignait. Il lisait d'ailleurs la même sur le visage de plusieurs de ses compagnons. Malette avait la tête renfoncée dans les épaules et le dos voûté. Mercier était au bord des larmes et se mouchait souvent. Les autres avaient un air tendu, sauf Ladouceur, qui gardait son assurance habituelle et Bouillon, dont l'attitude reflétait plutôt l'entêtement et le défi que la peur.

Chaque accusé dut répondre aux questions habituelles sur son nom et son métier. Tout se déroulait en anglais bien sûr, mais il y avait un interprète officiel pour traduire en simultané les questions et les réponses de ceux qui ne parlaient pas anglais. Seuls, deux ou trois des accusés se prévalurent du service : Lanthier leur avait demandé d'utiliser l'anglais dans la mesure du possible. Il était d'avis que l'usage du français pouvait indisposer le jury! En effet, celui-ci, constitué à grand-peine, était composé d'hommes relativement jeunes et en grande majorité anglophones. L'accusation avait systématiquement rejeté tous les candidats francophones, peut-être en croyant qu'ils éprouveraient trop de sympathie pour les accusés. Le procès de ce conflit entre francophones serait donc conduit, débattu, jugé et tranché par des anglophones, sauf pour Lanthier, qui y jouait, somme toute, un rôle mineur. La défense avait pour sa part écarté du jury les vieux et les femmes par le raisonnement un peu tortueux qu'un homme, jeune de surcroît, comprendrait mieux la nécessité de se défendre par tous les moyens devant une attaque.

Ce n'est qu'en après-midi que le défilé des témoins à charge commença. On fit venir à la barre des gens qui, selon Pierre, n'avaient rien eu à voir dans l'affaire, comme Florent Leduc, le fournisseur du chantier, Clifford Thompson, le directeur général de la Spruce Falls, et Yves Labrecque, le président du syndicat. Pour l'accusation, il s'agissait de refaire toute l'histoire du conflit qui avait culminé à Reesor Siding dans la nuit du 10 au 11 février. On faisait état des contrats, des ententes et des rencontres qui avaient eu lieu. Pour Pierre, cela présentait bien peu d'intérêt, ne prouvait ni son innocence ni sa culpabilité, et il se prit de plus en plus souvent à rêver.

Dehors, il faisait un temps magnifique. Depuis deux jours, un soleil radieux faisait étinceler la gelée blanche du matin et réchauffait les teintes vives de la forêt en après-midi.

« Un maudit beau temps pour faire un tour le long du bois avant que le soleil se couche, quand les perdrix sortent. »

Puis le soir, la chasse à l'orignal...

« Ça doit être en plein dans le meilleur du call. Y'a rien comme une bonne gelée la nuit pour faire courir les bucks à c'temps-citte de l'année. »

Combien de fois n'avait-il pas saisi sa .303 au coucher du soleil pour aller se poster près d'un barrage de castors et lancer quelques appels plaintifs dans son cornet d'écorce? Un frémissement lui parcourut l'échine en imaginant la réponse gutturale qui le figeait sur place dans la pénombre du soir.

Brusquement, il fut ramené à la réalité par ses

compagnons qui se levaient. La séance était ajournée et ils seraient reconduits en autobus à la prison de Monteith, où Pierre dormirait plutôt mal sur son étroite couchette. La chasse, comme Madeleine, comme la vie elle-même, lui était interdite.

⁂

Le procès reprit le lendemain et le jour suivant. À mesure que la reconstitution des faits se rapprochait de la fusillade, Pierre la trouvait plus pertinente. L'accusation cherchait à savoir pourquoi les colons s'étaient armés et si quelqu'un de la direction en avait donné l'ordre ou le conseil. La défense multipliait les objections et, pour faire retomber le blâme ailleurs, essayait de montrer que les policiers savaient très bien que les colons étaient armés, mais qu'ils avaient fermé les yeux, comme ils avaient fait semblant de ne pas voir le vandalisme et les actes d'intimidation des grévistes. Comment la police aurait-elle pu ignorer ce que tout le monde savait, ce qui avait même été publié dans le journal local ? La défense déposait comme preuve un article du maire de Kapuskasing antérieur à la fusillade, où celui-ci déplorait l'escalade de la violence et parlait comme d'un fait connu des armes que les cultivateurs apportaient au travail. Pour la défense, les vrais coupables, c'étaient les policiers qui avaient négligé de sévir quand ils auraient dû, et briser par là le cycle de l'intimidation et de la riposte. Les coupables, c'étaient aussi les autorités gouvernementales qui avaient fait la sourde oreille aux demandes pressantes d'intervention du maire Grant et de la délégation des entrepreneurs qui s'était rendue à Toronto, mais que le premier ministre n'avait pas daigné rencontrer.

Pendant qu'on évoquait ces faits, Pierre sentit un courant

de sympathie parcourir l'assistance. Quelques spectateurs, des collègues, des cultivateurs peut-être, se mirent même à applaudir. Tout n'était pas perdu. Pierre commençait d'ailleurs à trouver l'avocat principal de la défense, Me Haffey, fort habile. Il remarqua que celui-ci n'utilisait jamais le mot «grève» sans lui adjoindre l'adjectif «illégale». Il désignait les grévistes par les vocables d'«assaillants» ou d'«attaquants» et référait par ailleurs aux accusés comme à des «pionniers», de «dignes représentants de la noble profession de défricheurs», des «faiseurs de pays neufs». Il parlait de leurs familles nombreuses et évoqua même celui d'entre eux qui avait fait instruire sa famille en plaçant «trois fils au collège et trois filles au couvent». Pierre fut tout réconforté en voyant un des jurés hocher la tête en signe d'approbation à l'évocation de ces «agriculteurs si nécessaires à la société». Il trouvait que l'avocat en mettait un peu beaucoup, mais il était prêt à jouer les héros si ça pouvait aider sa cause.

Pierre n'était pas entièrement conscient de sa chance : il parlait l'anglais assez bien pour suivre les débats. D'autres, les plus vieux surtout, n'étaient pas aussi chanceux : ils ne comprenaient absolument rien – l'interprète de cour ne traduisait que les questions qui leur étaient directement adressées et leurs réponses –, de sorte que leur sort se jouait totalement à leur insu.

Le défilé des témoins se poursuivit pendant deux jours. À la fin, on entendit surtout les policiers qui avaient assisté à la tragédie. Pendant le contre-interrogatoire, ils persistaient à affirmer qu'ils ignoraient la présence des armes. Par contre, quelques-uns affichaient ouvertement leur sympathie envers les colons et avouaient avoir eu aussi peur qu'eux. L'un d'eux déclara même :

«At that point, there was no other way to stop them.»
Pierre l'aurait embrassé!

Le même policier confirma «avec assez de certitude»
que des coups de semonce avaient été tirés en l'air avant
les coups fatals et que l'avance des grévistes s'était quand
même poursuivie. Ce témoignage allait être d'une importance capitale pour le verdict.

Il y eut aussi des moments pénibles comme celui où le
médecin de garde à l'hôpital ce soir-là vint décrire les blessures qu'il avait dû traiter chez les blessés et qu'il n'avait
pu que constater chez les morts. Ce genre de témoignage
suscite toujours l'horreur et produit l'effet le plus déplo-
rable pour les accusés sur l'auditoire et sur le jury. Pour les
deux frères Fortin, passe encore: ils n'avaient été atteints
que d'une balle chacun. Mais Blouin avait succombé à six
blessures comme si on s'était acharné sur lui. Me Haffey
eut beau faire valoir qu'il devait se trouver devant les
autres, ce qui expliquait qu'il avait encaissé tous les
coups, mais ce n'était pas très convaincant. Pierre pouvait
comprendre qu'un colon pris de panique ne contrôle plus
ses nerfs et continue à tirer sans nécessité sur un homme
tombé, mais il savait qu'il fallait avoir été là pour le comprendre. Les jurés qui n'avaient pas assisté à la fusillade
pourraient-ils s'expliquer un tel comportement?

Parmi les accusés, seuls Bouillon et Ladouceur furent
appelés à témoigner.

«Une maudite bonne chance, pensa Pierre. Je me
demande si les autres seraient capables de garder leur tête,
moué le premier.»

Bouillon demanda à se faire traduire les questions
pour être sûr de bien les comprendre, mais il répondit
en anglais, de peine et de misère, circonstance heureuse

qui l'empêcha de trop s'avancer en terrain mouvant. Il se contenta de répondre aux questions le plus brièvement possible. Il avoua s'être muni d'un revolver dont le permis n'avait pas été renouvelé et admit qu'il avait «peut-être suggéré à d'autres de s'armer». En l'écoutant parler, Pierre se rendit compte qu'il le détestait.

«C'est de ta faute, mon maudit, si toute ça est arrivé.»

Puis il se dit qu'il était injuste, que Bouillon avait sans doute une part de responsabilité, mais qu'il était loin d'être le seul responsable. Pendant le contre-interrogatoire, à la question destinée à savoir si quelqu'un avait donné l'ordre de tirer, Bouillon répondit:

«No, I don't think, I don't remember.»

Pierre, lui, s'en souvenait très bien. Mais à quoi bon?

«Au fond, même si la vérité était connue, ça changerait-tu que'que chose?»

Il fut soulagé de voir Bouillon reprendre sa place au banc des accusés. Avec ses cheveux noirs lissés vers l'arrière, ses joues creuses bleuies par la barbe et son complet foncé, il ressemblait à un prédicateur de retraites fermées qui condescend à prendre place parmi les fidèles dans la nef.

Ladouceur fut un peu plus volubile. De bonne stature, le visage rond, il donnait plus l'impression d'un homme d'affaires que d'un paysan. Il était calme, parlait posément et, si son anglais laissait à désirer, il semblait à l'aise et s'exprimait clairement, trouvant toujours le mot juste. Il s'écarta un peu des questions qu'on lui posait pour manifester sa tristesse et sa sympathie envers les familles des victimes. Mais il n'alla pas jusqu'à exprimer des regrets ou du repentir. Pour lui, c'était simple. Un enchaînement de circonstances qu'il se gardait bien de juger avait entraîné la confrontation. Il avait essayé de l'éviter, avait demandé l'aide de la police mais n'avait pas réussi, et c'était bien malheureux. Pour le reste… il eut un geste évasif.

«We were working like always. We were attacked. You know the rest.»

Quand il descendit de la barre des témoins, les avocats de la défense avaient tous trois un large sourire et Pierre sut que Ladouceur avait offert une solide prestation. Il lui en fut reconnaissant.

Le 3 octobre, les deux parties présentèrent leur plaidoirie. Chacune résumait en fait ses arguments mais n'apportait rien de nouveau. Il ne s'agissait que de donner un portrait d'ensemble des événements pour faire ressortir la culpabilité ou l'innocence des accusés et d'en imprégner le jury. Il sembla à Pierre que la cause était déjà à demi gagnée, que le procureur manquait de conviction en accusant, mais que la défense, au contraire, jubilait. Me Haffey martelait des phrases ronflantes sur la noblesse du travail, le droit à l'entrepreneuriat et les méfaits du syndicalisme à outrance.

«Que se passera-t-il dans notre pays si, pour travailler pour soi-même, nous devons demander la permission à un tout-puissant syndicat? Voulons-nous d'un système où le travail organisé peut en toute impunité intimider, molester même des travailleurs indépendants?

«Ces hommes, que vous voyez devant vous, ont résisté et leur résistance aux forces malsaines du diktat prolétaire les a conduits à cette confrontation où ils n'ont pas eu le choix de tirer sur leurs agresseurs pour protéger leur vie. Pouvons-nous en toute conscience leur en tenir rigueur?»

Cette envolée laissa Pierre pantois. Jamais il n'aurait imaginé que leur cause puisse avoir des ramifications aussi vastes! Mais Me Haffey savait ce qu'il faisait. Sans le nommer expressément, cette allusion qu'il faisait au communisme par l'emploi du mot «prolétaire» trouverait des échos dans bien des cœurs, en premier lieu dans ceux des jurés. En 1963, aux États-Unis surtout, mais aussi au Canada, il suffisait de brandir le spectre du communisme pour mobiliser tous les bien-pensants devant la bête à abattre. Les gouvernements ont toujours su exagérer les dangers, au besoin même créer des périls de toutes pièces pour pouvoir nous en sauver et se donner un beau rôle. En 2002, c'est le terrorisme, les armes à feu, la cigarette; en 1963, c'était le communisme. Me Haffey savait ce qu'il faisait...

Après les plaidoiries, le juge en chef donna ses dernières directives au jury. Sur l'accusation de port d'armes, il n'avait pas grand-chose à dire et se contenta de lui rappeler les termes de la loi. Mais sur les deux autres, l'accusation d'émeute et celle de meurtre sans préméditation, il les mit en garde contre un verdict de culpabilité qui pouvait entraîner la prison à vie pour les accusés. Il leur rappela que la culpabilité de «chacun des accusés» ne devait pas faire l'ombre d'un doute. Cette recommandation à cette étape-ci du procès peut sembler étrange: après avoir jugé les accusés en groupe, voici qu'on revenait à la notion de culpabilité individuelle. Mais Pierre n'était pas pour s'en plaindre. Cette directive lui semblait un passeport pour la liberté.

Le jury fut emmené à l'écart pour commencer ses délibérations, et les prisonniers reconduits à Monteith. Il ne restait plus qu'à attendre. Pour Pierre, l'attente ne pouvait pas être longue: on était le jeudi 3 octobre vers 14 h et on les rappellerait sans doute avant de souper ou au plus tard le vendredi avant-midi.

Mais l'affaire fut sans doute moins claire pour les jurés. Le vendredi, ils délibéraient encore et ne réussirent à se mettre d'accord que le samedi vers 11 h. Comme la cour ne siégeait pas en fin de semaine, le verdict ne serait rendu que le lundi matin. Pierre en pleurait presque. Encore l'attente, l'interminable attente. Son bel optimisme du jeudi fondait comme neige au soleil : si le jury prenait autant de temps à faire l'unanimité, c'est que le verdict n'était pas aussi évident qu'il l'aurait souhaité.

« Ça va-tu finir un jour ? Ça va-tu finir ? »

❖

Pierre ne tenait plus en place le lundi matin 7 octobre, quand on les convoqua à nouveau en cour. Il dut subir encore la cérémonie de l'entrée du juge et la récapitulation des procédures. Il se promit bien que, de toute sa vie, jamais il ne remettrait les pieds dans une cour de justice. Enfin, on fit entrer les jurés, qui semblaient un peu hagards, perdus, et le juge interrogea leur porte-parole.

« Have you reached a verdict ?
– Yes, Your Honour !
– On the charge of rioting against Paul-Eugène Bouillon, guilty or not guilty ?
– Not guilty, Your Honour. »

Et le manège se répéta vingt fois. À chaque fois, l'accusé nommé devait se lever, écouter le verdict puis se rasseoir. Puis on recommença avec la deuxième accusation, la vraie cette fois. Il était temps, les jambes de Pierre ne le portaient plus, la tête lui tournait.

« On the charge of non-capital murder against Paul-Eugène Bouillon, guilty or not guilty ?

– Not guilty, Your Honour. »

Pierre n'entendit plus rien. Il eut conscience qu'un murmure sourd parcourait la salle. On dut aider Malette à se mettre debout pour entendre le verdict, puis ce fut son tour – on procédait par ordre alphabétique – et le « not guilty » résonna à son oreille comme les cloches de Pâques. Quand il se rassit, il lui sembla qu'un poids immense venait de lui glisser des épaules. Il ne voyait plus rien, n'entendait plus rien. C'était fini…

Mais il se trompait. Il avait oublié la troisième accusation, celle de possession et d'utilisation d'armes. Un changement dans la réponse du porte-parole du jury à la question du juge le fit revenir à lui.

« On the charge of possession of an offensive weapon for a purpose dangerous to the public against Paul-Eugène Bouillon, guilty or not guilty ?

– Guilty, Your Honour. »

Il sursauta. Allaient-ils tous être reconnus coupables de cette infraction ? Mais non. Le deuxième accusé fut déclaré innocent comme il le fut lui-même. Seuls Bouillon et, de façon assez inexplicable, Lauzon et Malette reçurent un verdict de culpabilité et une amende de 100 $. Pierre devait apprendre plus tard que Lauzon et Malette avaient malencontreusement signé une déclaration certifiant que telle arme leur appartenait, ce qui leur valait cette amende, de même que Bouillon qui, lui, l'avait reconnu en pleine cour. Enfin, dans l'euphorie de la libération, c'était un détail bien minime. Pierre respira à pleins poumons. Il était enfin innocent et libre !

❖

Quelques semaines plus tard, Pierre entrait dans la salle d'attente de la gare à Hearst, quand il arriva nez à nez avec Roland Ladouceur.

« Ben, monsieur Ladouceur ! Prenez-vous le train vous aussi ?

— Non, chus juste venu porter des échantillons de terre pour faire analyser. »

Il jeta un coup d'œil à la valise que Pierre portait à bout de bras.

« Mais toué ? On dirait que tu pars en voyage ?

— Ouais, j'm'en vas à Dryden. J'm'en vas voir pour de l'ouvrage. J'ai un cousin qui travaille là-bas pour un p'tit contracteur. Y dit que ça paye ben, jusqu'à dix piasses la corde pour bûcher, pis qu'y engagent de toute, des bûcheux, des mécaniciens, des chauffeurs de trucks. J'ai envie de changer d'air. »

Ladouceur approuva :

« T'as ben raison. J'ferais pareil si je pouvais. C'est pus respirable icitte. Mais j'ai ma famille pis ma terre...

— Retournez-vous dans l'bois c't'hiver ?

— J'pense pas. J'vas rester proche de mes vaches pis de ma famille. Ma femme passe son temps à s'inquiéter. Pis moué aussi tant qu'à ça. Quand j'me couche le soir, j'me demande tout le temps si quelqu'un viendra pas sacrer le feu dans grange pendant'nuite.

— Pensez-vous qu'y feraient ça ? »

Le cultivateur haussa les épaules.

« Après ce qui s'est passé, on peut pus être sûrs de rien. Paraît qu'y en a qui jurent qu'on s'en clairera pas si facilement que ça. J'aime autant rester proche. Reste que j'aurais aimé ça contracter dans l'bois. Enligner les hommes, organiser l'ouvrage, marcher le bois, passer les contrats, me semble que ça m'adonnait ben. Mais asteure…»

Il eut un geste vague. Pierre crut bon de l'encourager.

«Ça va se placer. C'est vrai que vous feriez un bon contracteur. D'icitte un an ou deux, le monde vont oublier, y va être encore temps.

— Non, y'oublieront pas si vite que ça. Qu'on le veule ou non, not' vie sera pus jamais pareille. Bouillon est parti, toué tu t'en vas, Malette est à l'hôpital, moué…»

Pierre l'interrompit :

«Malette est à l'hôpital ?

— Oui, à North Bay. Y'est en train de capoter ben raide…

— Excusez mais faut que je vous laisse, mon train va partir.»

Il tendit la main.

«Bonne chance, monsieur Ladouceur.

— Bon voyage, mon Pierre.»

ÉPILOGUE

Roland Ladouceur est aujourd'hui à la retraite. Il a été un cultivateur prospère, mais n'est jamais devenu l'entrepreneur forestier qu'il aurait peut-être souhaité être. Par contre, un de ses fils l'est devenu à sa place.

Le grand Malette est mort à 64 ans en 1977, officiellement du cancer. Il a fait aussi de l'Alzheimer pendant cinq ou six ans avant de mourir. À moins que ce n'ait été une autre maladie mentale. Sa famille prétend qu'après les événements de Reesor Siding, il n'a plus jamais été le même.

Paul-Eugène Bouillon est mort aussi, à Hull au début des années 80. Il s'était lancé à plein temps dans la religion. Sa femme l'a quitté. Il a fait partie d'une secte fanatique. Il paraît qu'il séquestrait ses enfants. Lui aussi a été traité pour troubles mentaux.

Madeleine Latulipe a épousé un camionneur de Moonbeam. Elle a eu trois enfants. Sa vie n'a pas été très heureuse. Son mari buvait beaucoup. Elle s'est séparée de lui en 1989 puis a mené pendant 12 ans un long combat contre le cancer du sein qui, de rémissions en rechutes, l'a finalement emportée en 2001. A-t-elle regretté Pierre Ménard ? On ne le saura sans doute jamais, mais on peut le supposer.

Yves Labrecque est devenu organisateur politique puis candidat pour le Nouveau parti démocratique en 1972. Défait aux élections, il est retourné au syndicalisme. Aujourd'hui, il est à la retraite.

Clifford Thompson a été rapatrié aux États-Unis par la compagnie en 1965. On lui a confié la direction d'autres entreprises, mais son intransigeance l'a empêché d'y réussir. Partout où il passait surgissaient des conflits. Il a finalement été écarté en 1972 et est mort d'une crise cardiaque trois ans plus tard, à l'âge de 54 ans.

Jim O'Donnell s'est suicidé en 1969. Il a été retrouvé mort dans une chambre d'hôtel de Timmins. Il avait avalé toute une bouteille de pilules. Personne n'a pu expliquer son geste.

Pierre Ménard n'est jamais revenu vivre dans le Nord-Est de l'Ontario. À Dryden, un entrepreneur lui a donné sa chance en lui confiant un camion. Il l'a saisie et ne s'en est jamais repenti. Pendant des années, il a fait la tournée des grands chantiers de construction du pays : la baie James des années 60, l'Exposition universelle de Montréal de 1967, les Jeux olympiques de 1976, le boom pétrolier des années 80 en Alberta. À 60 ans, il conduit toujours. Quand on lui demande pourquoi il ne s'est jamais marié, il répond en riant qu'il est marié à son camion. En réalité, il n'a jamais oublié Madeleine Latulipe. Ou bien, pour dire les choses autrement, c'est un fataliste qui, ayant laissé échapper celle qu'il croyait sienne, n'en a plus voulu aucune autre. Il n'aime pas parler des événements de Reesor Siding, mais il a fait une exception pour moi quand je lui ai dit que je voulais écrire la «vraie histoire» de cette tragédie. Il m'a regardé d'un drôle d'air et m'a dit :

« T'as besoin de te lever de bonne heure. Ça sera pas facile à démêler. »

Puis il s'est mis à parler. À un moment donné, il est allé chercher la boîte à chaussures pleine de coupures de presse que sa mère lui a remise avant de mourir. C'est lui qui m'a raconté tout ça ; moi je n'ai que transposé son histoire sous la forme d'un roman. Mais ça ne change rien. C'est quand même la «vraie histoire» des événements de Reesor Siding, celle qu'a vécue Pierre Ménard en tout cas.

La terre des Ménard, comme celle des Latulipe et bien d'autres d'ailleurs, repousse en broussailles et les bâtiments sont à l'abandon. La colonisation dans le Nord de l'Ontario, encouragée par le clergé et l'État, a été une erreur et un anachronisme parce qu'elle s'est produite trop tard : l'agriculture de survie s'achevait et aucune autre n'était rentable à cette latitude. L'industrie du bois, en revanche, a été prospère et le demeure ; enfin, relativement... De sorte que si vous empruntez le tronçon de la route 11 entre Kapuskasing et Hearst, vous ne verrez que des terres en friche, mais, si c'est en hiver, vous rencontrerez d'innombrables camions chargés de billes de bois. Et, quelle que soit la saison, à peu près au milieu du trajet, vous apercevrez du côté sud de la route un imposant monument : vous passez devant Reesor Siding.

Ce monument érigé en 1977 par le syndicat n'est pas le seul à commémorer ces tragiques événements : Paul Doucet de Hearst leur a consacré une pièce de théâtre en

1981 et le chanteur country «Stomping» Tom Connors en a tiré une complainte. L'ONF en a fait un film intitulé *Un gars d'la place*. Un titre qui aurait assez bien convenu à Pierre Ménard dans le temps. Mais certainement plus aujourd'hui. Et maintenant, il y a aussi un roman...

CHOIX DE JUGEMENTS

« C'est aussi la vie des petites communautés francophones du Nord de l'Ontario que Doric Germain rappelle et décrit avec intelligence : les rapports difficiles entre les familles des syndiqués et celles des "scabs", l'inquiétude face à l'employeur et à la justice parlant une autre langue, l'impact psychologique d'un conflit de travail qui divisa une communauté francophone.

[...] les descriptions multiples et précises des détails de la vie de ces travailleurs du bois offrent au lecteur la possibilité de mieux en saisir la rudesse. Le rythme s'accélère peu à peu à partir du déclenchement de la grève illégale. Le lecteur se laisse alors prendre par l'action, et ce, jusqu'à la date fatidique du 10 février 1963. L'affrontement, décrit en grande partie du point de vue du personnage de Pierre, rappelle les grands mouvements de foule des romans naturalistes [...]. »

Guy Poirier, *Francophonies d'Amérique*, n° 17, 2004.

« Il y explore, comme dans toute son œuvre d'ailleurs, les méandres de la vie humaine. On pourrait dire qu'il est un écrivain de la condition humaine. Il réussit à transcender l'espace du Nord de l'Ontario, où se déroulent tous ses romans, afin de mettre en scène les vicissitudes de l'âme humaine. [… Il] en peint un tableau vivant qui ne peut que nous amener à remettre en question nos propres comportements et nos préjugés. »

Lucie Hotte, Nuit blanche, n° 91, été 2003.

« Son père était parmi les vingt bûcherons indépendants accusés de meurtre dans la nuit du 10 au 11 février 1963. Même acquitté le 7 octobre de la même année, il ne s'en remettra jamais. Plusieurs ne s'en sont jamais remis. […] Doric Germain a voulu écrire la vraie histoire de Reesor Siding. Il y a renoncé, se disant incapable de s'en détacher en plus de ne pas avoir le tempérament d'un historien. Pourtant, Doric Germain a écrit beaucoup plus que la vraie histoire. »

Guylaine Tousignant, Liaison, n° 119, été 2003, p. 52.

Citations sur l'auteur et son œuvre

« Écrire pour des jeunes, cela a été sa motivation première. Aujourd'hui encore, faire des tournées dans les écoles, c'est important pour lui. »

Johanne Melançon, dans Marco Dubé, Infomag, vol. 6 n° 2
sept.-oct. 2002, p. 20.

« Doric Germain a été l'un des premiers à montrer aux gens du Nord qu'un livre mettant en vedette leur vie ou, à tout le moins, leur milieu de vie pouvait être publié. »

Marco Dubé, Infomag, vol. 6 n° 2 sept.-oct. 2002, p. 20.

« Je suis convaincu que l'apport des romans de Doric Germain au secondaire est venu ajouter à la fierté qu'éprouvent les francophones du Nord... que cela a poussé les jeunes à vouloir exceller eux aussi. »

Irénée Côté, dans Marco Dubé, *Infomag*, vol. 6 n° 2 sept.-oct. 2002, p. 20.

BIOGRAPHIE

1946   Naissance le 14 avril 1946 au Lac Sainte-Thérèse, près
            de Hearst, dans le nord de l'Ontario, dans un camp
            en bois rond. Septième enfant d'Ubald Germain et de
            Marie Cantin, cultivateurs.

1951-1959   Études primaires au Lac Sainte-Thérèse.

1959   Lauréat du Concours provincial de français. Obtient
            une bourse d'études de 400 $.

1964   Obtention du diplôme d'études secondaires au Collège
            de Hearst.

1967   B.A. concentration en littérature française, Collège
            universitaire de Hearst.

1968-1969   Étudiant à la maîtrise en lettres et professeur stagiaire,
            Université d'Ottawa.

1969-1970   Professeur de français, École secondaire de Hearst.
            C'est lors d'une expérience d'écriture avec ses élèves
            que naîtra *La vengeance de l'orignal*, son premier
            roman.

1970-1984   Professeur de littérature, langue et linguistique fran-
            çaises, Collège universitaire de Hearst.

1971   Obtient une maîtrise en lettres et linguistique françaises
            de l'Université d'Ottawa, avec la mention «Grande

distinction». Titre du mémoire: «Le vocabulaire militaire dans *La chanson de Roland*».

été 1972   Certificat de formation à l'enseignement du français langue seconde par les méthodes audiovisuelles structuroglobales, Université Laval.

1972-1980   Secrétaire général, Collège universitaire de Hearst.

1974-1980   Président du Sénat académique, Collège universitaire de Hearst. • Membre de l'Association des secrétaires généraux des universités ontariennes.

1974-1982   Conseiller scolaire à temps partiel, Conseil de l'éducation du district de Hearst.

été 1974   Directeur du programme d'immersion en français du Collège universitaire de Hearst.

1976-1981   Membre du Groupe interuniversitaire d'études franco-ontariennes (GIÉFO), qui faisait la promotion des études sur l'Ontario français. Le GIÉFO regroupait des professeurs du Collège universitaire de Hearst, de l'Université d'Ottawa, de l'Université Laurentienne, du Collège Glendon et de l'Université de Sudbury.

1976   Membre du comité fondateur du journal *Le Nord*, l'hebdomadaire de la région. • Donne le cours interdisciplinaire *Les Franco-Ontariens*, à Hearst, premier cours à porter sur la francophonie ontarienne, et qui comprend des volets historique, sociologique et linguistique.

hiver 1977   Donne le cours *Études canadiennes*, premier cours à porter sur la littérature franco-ontarienne. Le titre du cours est une astuce destinée à introduire la littérature franco-ontarienne sans avoir à faire approuver formellement le contenu par le sénat de l'Université Laurentienne.

1978-1981   Membre du comité fondateur de la Bibliothèque municipale de Hearst et premier président de ce comité. La bibliothèque ouvre ses portes en 1979.

1979-1985   Collabore au projet *Trésor de la langue française au*

Québec de l'Université Laval à titre d'informateur pour la région du Nord de l'Ontario.

1980   Rencontre de Gaston Tremblay, directeur des Éditions Prise de parole, lors d'un lancement à Hearst. Remise du manuscrit *La vengeance de l'orignal.* • Publication de *La vengeance de l'orignal*, Sudbury, Éditions Prise de parole, en octobre. • À partir de la publication de *La vengeance de l'orignal*, nombreuses rencontres et causeries auprès d'élèves et du grand public, et participation à plusieurs salons du livre : Montréal, Toronto, Hull-Ottawa, Sudbury, La Sarre, Rouyn, Hearst et New Liskeard.

1980-1983   Gérant des immeubles, Collège universitaire de Hearst.

1980-1984   Traducteur et réviseur à temps partiel, Institut Nordinord de recherche et de développement.

1981   Finaliste au prix littéraire Champlain pour *La vengeance de l'orignal*, en compétition avec Hélène Brodeur, qui remporte le prix pour *La quête d'Alexandre*.

1982   Publication de *Le trappeur du Kabi*, chez Prise de parole, en mars.

1982-1984   Membre de la Société historique de Hearst.

1984-1989   Membre de l'Association des traducteurs et interprètes de l'Ontario.

1985   Obtention d'une bourse du Conseil des arts de l'Ontario pour l'écriture du roman *Poison*. • Publication de *Poison*, aux Éditions Prise de parole, à l'automne.

1985-1986   Rédige plusieurs centaines d'articles pour le *Dictionnaire de l'Amérique française*, publié par le Centre de recherche en civilisation canadienne-française (CRCCF).

1985-1990   Rédacteur, traducteur et réviseur à la pige.

1986   Obtention d'une bourse du Conseil des arts de l'Ontario pour l'écriture d'un roman qui deviendra *Le soleil se lève au Nord*.

1986-1987	Gérant des services au conseil et des relations publiques, Conseil des écoles séparées catholiques d'Ottawa.
1987	Obtention d'une bourse du Conseil des arts de l'Ontario pour l'écriture du roman *Le soleil se lève au Nord*.
1987-1990	Recherchiste et rédacteur, Firme Acord de recherches et de développement, Ottawa.
1989	De janvier à juin, écrivain en résidence à la Bibliothèque municipale de Timmins, Ontario. Organisation d'activités littéraires, rencontres d'auteurs en herbe et écriture, notamment pour *Le soleil se lève au Nord*. • En octobre, représente les auteurs de l'Ontario au Salon international du livre *Les vingt-quatre heures du livre* à Le Mans, France.
1990	En avril, auteur invité par le Ministère de l'éducation du Manitoba dans le cadre du Festival national du livre. Tournée dans les écoles francophones du Manitoba. • Publication en feuilletons du *Soleil se lève au Nord* dans le journal *Le Nord* au printemps et à l'été. • De mai à septembre, secrétaire à la Commission Bourdeau sur les services en français dans les collèges d'arts appliqués et de technologie en Ontario. Auteur du rapport final qui recommandera la création du Collège Boréal dans le Nord et du Collège des Grands-Lacs dans le sud de la province.
1990-1995	Membre de l'Association des auteurs de l'Ontario.
1990-2012	Professeur de français, langue et littérature, Collège universitaire de Hearst.
1991	Publication de *Le soleil se lève au Nord*, aux Éditions Prise de parole.
1991-1995	Président de l'Association des professeurs de l'Université de Hearst (APUH).
1995	En novembre, obtient gain de cause et dédommagement dans le procès pour plagiat qu'il a intenté avec

son éditeur Prise de parole contre Guérin éditeur. La cause porte sur *La vengeance de l'orignal* et était devant les tribunaux depuis quatre ans.

1997   Hommage lors d'une des *Soirées des auteurs* organisée le 30 juin dans le cadre des activités entourant le 75e anniversaire de la municipalité de Hearst.

2000   *La vengeance de l'orignal* est adaptée en écriture simple pour les apprenants en alphabétisation par Louise Lalonde et publiée par le Centre FORA de Sudbury.

2003   Publication de *Défenses légitimes*, Ottawa, Le Nordir, en février, soit exactement 40 ans après les tragiques événements de Reesor Siding qui sont au centre du roman. • Attribution, en mai, du Certificat de mérite du Programme de reconnaissance des activités patrimoniales et communautaires de la Fondation du Patrimoine ontarien. • Présentation à Kapuskasing du 20 juin au 8 août, de la version de *Défenses légitimes* adaptée pour le théâtre par Pascal Fraser ; une production de la troupe Compas (Pascal Fraser, Justin Bélanger et Marco Séguin).

2004   Obtention du prix des lecteurs Radio-Canada pour *Défenses légitimes*.

2009   Président d'honneur, Concours provincial de français tenu en avril à l'Université Laurentienne, Sudbury.

2013   Président d'honneur, Salon du livre de Hearst tenu en mai à Hearst.

BIBLIOGRAPHIE

Critiques, recensions et études portant sur l'œuvre

Sur *La vengeance de l'orignal*

[Anonyme], «Notes de lecture», *Le Devoir*, 4 avril 1981.

Cloutier, André, «Contre une exploitation inconsidérée de la nature», *Le Nord*, 15 octobre 1980.

Desjardins, Normand, «*La Vengeance de l'orignal*», *Nos livres*, n° 234, mai 1981.

Gay, Paul, «Au pays des Cris», *Le Droit*, 30 mai 1981.

Gay, Paul, «Doric Germain», *La vitalité littéraire en Ontario français*, Ottawa, Vermillon, 1986.

Lemelin, Pierre, «Le roman *La Vengeance de l'orignal* porté à l'écran», *Le Voyageur*, 11 novembre 1998, p. 12.

Renaud, Rachelle, *Matériel didactique pour le roman* La Vengeance de l'orignal *de Doric Germain*, s.e., août 1981.

Runte, Hans, «Deathtrap», *Canadian Literature*, n° 94, automne 1982.

Vanasse, André, «*La Vengeance de l'orignal* de Doric Germain ou les nouveaux chercheurs d'or», *Lettres québécoises*, vol. 22, été 1981.

Sur *Le trappeur du Kabi*

Baudot, Alain, «Le planétaire», *Le français dans le monde*, n° 170, juillet 1982.

Desjardins, Normand, «*Le trappeur du Kabi*», *Nos livres*, n° 266, mai-juin 1982.

Gay, Paul, «*Le trappeur du Kabi*», *Le Nord*, 31 mars 1982.

Grandholm, Victor, «Novelist Writes of Hearst», *Time-News*, 27 mars 1982.

Grandholm, Victor, «Readers Encourage. Discourage: Writer», *Time-News*, 25 avril 1982.

Marchildon, Daniel, «*Le trappeur du Kabi*: de nombreux pièges», *Liaison*, n° 22, juin-juillet 1982.

Melançon, Johanne «La figure de l'Amérindien: quatre portraits», *Canadian littérature*, n° 187, hiver 2005, p. 73-85.

Pilon, Rachelle, «Doric Germain: il mérite tous nos éloges», *Le Nord*, 14 avril 1982, A7.

Renaud, Normand, «Romans et nouvelles de l'Acadie, d'Ontario et du Manitoba», *Livres et auteurs québécois 1982*, 1983, p. 23-26.

Sur *Poison*

Cantin, Omer, «*Poison*, un roman de calibre international», *Le Nord*, 6 novembre 1985.

Lamirande, Claire, «Le pain de misère», *Le Droit*, 10 mai 1986.

Landry, Kenneth, «*Poison*», *Revue du Nouvel-Ontario*, n° 7, 1985, p. 121-122.

Melançon, Johanne, «La réédition de *Poison* de Doric Germain», *Le Nord*, avril 2001.

Sylvestre, Paul-François, «*Poison*: Un roman sans prétention», *Liaison*, n° 59, printemps 1986.

Villeneuve, Jocelyne, «Prise de parole: ouverture officielle», *Le Voyageur*, 23 octobre 1985, p. 5.

Benson, Mark, «Cycles», *Canadian Literature*, n° 112, printemps 1987, p. 136-138.

Sur *Le soleil se lève au Nord*

Dubé, Marco, «Chronique littéraire», *L'orignal déchaîné*, 11 février 1992.

Duhaime, Hugo, «Un roman d'ici qui a bien vieilli», *Le Voyageur*, 6 juillet 2011, p. 19.

Karch, Pierre-Paul, «Lettres canadiennes 2002. Roman», *University of Toronto Quarterly*, vol. 73, n° 1, hiver 2003-2004, p. 381-399.

Renaud, Rachelle, «Doric Germain, *Le soleil se lève au Nord*», *Liaison*, n° 65, janvier 1992, p. 43.

Sur *Défenses légitimes*

Dubé, Marco, «Reesor Siding comme une histoire de famille», *Infomag*, vol. 6, n° 2, septembre-octobre 2002, p. 18-21.

Hotte, Lucie, «Doric Germain: *Défenses légitimes*», *Nuit blanche*, n° 91, été 2003, p. 12.

Lord, Michel, «Lettres canadiennes 2003. Roman», *University of Toronto Quarterly*, vol. 74, n° 1, hiver 2004-2005.

Poirier, Guy, «*Défenses légitimes* de Doric Germain et *Le retour à l'île* de Pierre Raphaël Pelletier», *Francophonies d'Amérique*, printemps 2004, n° 17, p. 125-127.

Sylvestre, Paul-François, «Une tragédie de 1963 refait surface dans un roman de 2003», *L'express de Toronto*, 4 au 10 février 2003, p. 9.

Tousignant, Guylaine, «Reesor Siding, la vraie histoire romancée», *Liaison*, n° 119, été 2003, p. 52.

Sur l'œuvre de Doric Germain

Germain, Doric, «Écrire en Ontario français: un témoignage», dans Hotte, Lucie et Johanne Melançon (dir.), *Thèmes et Variations: regards sur la littérature franco-ontarienne*, Sudbury, Éditions Prise de parole, 2005, p. 31-37.

Gratton, Denis, «Doric Germain aurait-il perdu le Nord?», *Liaison*, n° 40, automne 1986, p. 26-27.

Hotte, Lucie [avec la collaboration de Véronique Roy], «Devenir homme: l'apprentissage de la vie dans les romans pour la jeunesse de Doric Germain », dans Françoise Lepage (dir.), *La littérature pour la jeunesse 1970-2000*, Montréal, Fides, « Archives des lettres canadiennes », tome XI, 2003, p. 265-286.

Hotte, Lucie [avec la collaboration de Véronique Roy], *Doric Germain*, coll. « Voix didactiques / Auteurs », Ottawa, Éditions David, 2012.

Hotte, Lucie, « Le roman franco-ontarien », dans Hotte, Lucie et Johanne Melançon (dir.), *Introduction à la littérature franco-ontarienne*, Sudbury, Éditions Prise de parole, 2010, p. 225-226.

Mathieu, Réjean, « Doric Germain romancier », *Rauque*, n° 2, automne 1985.

Murray, Tanya, « La prise de conscience véhiculée par les romans de Doric Germain », Mémoire de spécialisation, Département de français, Université Laurentienne, 1992, 56 f.

TABLE DES MATIÈRES

Préface à la deuxième édition.................................5
Avant-propos.................................17
Chapitre I.................................20
Chapitre II.................................28
Chapitre III.................................34
Chapitre IV.................................45
Chapitre V.................................52
Chapitre VI.................................62
Chapitre VII.................................75
Chapitre VIII.................................93
Chapitre IX.................................105
Chapitre X.................................115
Chapitre XI.................................128
Chapitre XII.................................138
Chapitre XIII.................................152
Chapitre XIV.................................163
Chapitre XV.................................173
Épilogue.................................186
Choix de jugements.................................190
Biographie.................................193
Bibliographie.................................198

Achevé d'imprimer
en novembre 2013 sur les presses
de l'Imprimerie Gauvin, à Gatineau (Québec).

FSC
www.fsc.org

RECYCLÉ
Papier fait à partir
de matériaux recyclés
FSC® C100212